Translated Language Learning

As Aventuras de Alice no País das Maravilhas

Alice's Adventures in Wonderland

Lewis Carroll

Português / English

Descendo a Toca do Coelho
Down the Rabbit Hole

Alice estava começando a ficar muito cansada
Alice was beginning to get very tired
Ela estava sentada ao lado da irmã no banco de grama
she was sitting by her sister on the grass bank
mas ela não tinha nada para fazer
but she had nothing to do
sua irmã estava lendo um livro
her sister was reading a book
uma ou duas vezes Alice espiou o livro
once or twice Alice peeped into the book
Mas o livro não tinha fotos ou conversas
but the book had no pictures or conversations in it
"De que serve um livro sem imagens?", pensou Alice
"what use is a book without pictures?," thought Alice
"Por que um livro não teria conversas?"
"why would a book have no conversations?"
mas ela tinha outras coisas a considerar

but she had other things to consider
"Fazer uma corrente de margaridas seria um prazer"
"making a chain of daisies would be a pleasure"
"Mas será que vale a pena o esforço de se levantar e pegar as margaridas??"
"but is it worth the effort of getting up and picking the daisies??"
Não foi tão fácil pensar nisso
this was not so easy to think about
porque o dia estava a fazê-la sentir-se sonolenta e estúpida
because the day was making her feel sleepy and stupid
mas, de repente, seus pensamentos foram interrompidos
but suddenly her thoughts were interrupted
um coelho branco de olhos cor-de-rosa corria perto dela
a White Rabbit with pink eyes ran close by her

Não havia nada de muito notável no coelho
There was nothing overly remarkable about the rabbit
e Alice também não achava o coelho notável
and Alice did not think the rabbit remarkable either
nem a surpreendeu quando o Coelho falou
nor did it surprise her when the Rabbit spoke
"Oh querida! Vou chegar tarde demais!", disse a si mesmo
"Oh dear! I shall be too late!" he said to himself
mas depois o Coelho fez algo que os coelhos não fizeram
but then the Rabbit did something that rabbits didn't do
o Coelho tirou um relógio do bolso do colete
the Rabbit took a watch out of its waistcoat-pocket
Olhou para a hora e depois apressou-se
he looked at the time and then hurried on
Alice pôs-se de pé, espantada
Alice got to her feet, in amazement
ela nunca tinha visto um coelho com um colete antes!
she had never seen a rabbit with a waistcoat before!
nem nunca tinha visto um coelho com um relógio!
nor had she ever seen a rabbit with a watch!
Alice estava ardendo com uma nova curiosidade
Alice was burning with a new curiosity
e ela correu pelo campo atrás do Coelho
and she ran across the field after the Rabbit
ela estava a tempo de ver o coelho desaparecer
she was just in time to see the rabbit disappear
o coelho saltou para uma grande toca de coelho
the rabbit hopped down into a large rabbit-hole
Em outro momento, desceu Alice atrás do coelho!
In another moment, down went Alice after the rabbit!
A toca do coelho seguia em linha reta como um túnel
The rabbit-hole went straight on like a tunnel
e o túnel continuou por alguma distância
and the tunnel kept going for some distance
e então o caminho de repente mergulhou
and then the path suddenly dipped down
Alice não teve um momento para pensar em parar-se

Alice had not a moment to think about stopping herself
ela se viu caindo e descendo e descendo
she found herself falling down and down and down
parecia que ela tinha caído num poço muito profundo
it seemed as if she had fallen down a very deep well
Ou o poço era muito profundo, ou ela caía muito lentamente
Either the well was very deep, or she fell very slowly
porque ela tinha muito tempo para cair
because she had plenty of time to fall
Enquanto ela estava caindo, ela podia olhar ao seu redor
as she was falling she could look all around her
Primeiro, ela tentou descobrir para onde estava indo
First, she tried to make out where she was going
mas o poço estava muito escuro para ver qualquer coisa
but the well was too dark to see anything
depois olhou para os lados do poço
then she looked at the sides of the well
e reparou que havia armários à sua volta
and she noticed that there were cupboards all around her
e ao redor do poço havia estantes de livros
and all around the well were book-shelves
aqui e ali ela viu mapas e fotos pendurados em estacas
here and there she saw maps and pictures hung upon pegs
Ela tirou um frasco de uma das prateleiras enquanto passava
She took down a jar from one of the shelves as she passed
O frasco foi rotulado pelo seu conteúdo
the jar was labelled for its content
"MARMELADA FEITA DE LARANJAS"
"MARMALADE MADE FROM ORANGES"
mas, para sua grande deceção, o frasco de marmelada estava vazio
but, to her great disappointment, the marmalade jar was empty
Ela não queria largar o frasco de marmelada vazio
she did not want to drop the empty marmalade jar
e sua queda foi muito lenta
and her fall was very slow

então ela conseguiu colocar o frasco de marmelada em um dos armários
so she managed to put the marmalade jar into one of the cupboards
Para baixo, para baixo, para baixo ela cai!
Down, down, down she fall!
Será que a queda chegaria ao fim?
Would the fall ever come to an end?
Não havia mais nada a fazer
There was nothing else to do
então Alice logo começou a falar consigo mesma
so Alice soon began talking to herself
"Dinah vai sentir muita falta de mim esta noite, devo pensar!"
"Dinah will miss me very much tonight, I should think!"
Dinah era a gata de Alice
Dinah was Alice's cat
"Espero que se lembrem do pires de leite dela na hora do chá"
"I hope they'll remember her saucer of milk at tea-time"
"Dinah, minha querida, eu gostaria que você estivesse aqui comigo!"
"Dinah, my dear, I wish you were down here with me!"
Alice sentiu que estava a cochilar
Alice felt that she was dozing off
e, de repente, bater! baque!
and then suddenly, thump! thump!
abaixo, ela caiu sobre um monte de paus
down she fell upon a heap of sticks
e ela pousou em uma pilha de folhas secas
and she landed on a pile of dry leaves
e, finalmente, a longa queda pelo buraco acabou
and finally the long fall down the hole was over
Alice não ficou nem um pouco magoada
Alice was not a bit hurt
e ela saltou dentro de um momento
and she jumped up within a moment

Ela olhou para cima, mas estava tudo escuro por cima
She looked up, but it was all dark overhead
à sua frente havia outro longo corredor
in front of her was another long corridor
e o Coelho Branco ainda estava à vista
and the White Rabbit was still in sight
apressava-se pelo corredor
he was hurrying down the corridor
Não havia um momento a perder
There was not a moment to be lost
fora correu Alice como o vento
off ran Alice like the wind
ao virar da esquina virou o coelho
around the corner turned the rabbit
ela estava a tempo de ouvir o coelho
she was just in time to hear the rabbit
"Oh, meus ouvidos e bigodes"
""Oh, my ears and whiskers"
"Quão tarde está chegando!"
"how late it's getting!"
Ela estava perto atrás do coelho
She was close behind the rabbit
Ela virou outra esquina
she turned around another corner
mas o Coelho já não era para ser visto
but the Rabbit was no longer to be seen
Ela se viu em um longo e baixo salão
She found herself in a long, low hall
O salão foi iluminado por uma fileira de lâmpadas de teto
the hall was lit up by a row of ceiling lamps
Havia portas ao redor do salão
There were doors all around the hall
mas todas as portas estavam trancadas
but all the doors were locked
Ela caminhou por todo o caminho por um lado do corredor
she walked all the way down one side of the hall
e ela tinha caminhado até o outro lado do salão

and she had walked all the way up the other side of the hall
ela tinha tentado todas as portas
she had tried every door
e ela caminhou tristemente pelo meio do corredor
and she walked sadly down the middle of the hall
"Como é que eu vou sair de novo?"
"how am I ever going to get out again?"

De repente, deparou-se com uma mesinha
Suddenly she came upon a little table
a mesa era feita inteiramente de vidro sólido
the table was made entirely of solid glass

Não havia nada sobre a mesa, mas uma pequena chave de ouro
There was nothing on the table but a tiny golden key
a chave pode pertencer a uma das portas!
the key might belong to one of the doors!
mas, infelizmente! algumas das fechaduras eram grandes demais para as chaves
but, alas! some of the locks were too large for the keys
e para as outras fechaduras a chave era muito pequena
and for the other locks the key was too small
mas, de qualquer forma, a chave não abriu nenhuma das portas
but, at any rate, the key opened none of the doors
Mas o que ela deveria fazer?
but what was she to do?
ela passou pelo corredor novamente
she went through the hall again
e desta vez notou uma cortina baixa
and this time she noticed a low curtain
atrás da cortina havia uma pequena porta
behind the curtain was a little door
A porta tinha cerca de quinze centímetros de altura
the door was about fifteen inches high
Ela tentou a pequena chave dourada na fechadura
She tried the little golden key in the lock
e para seu grande deleite, a chave cabia na fechadura!
and to her great delight, the key fit in the lock!
Alice abriu a porta
Alice opened the door
e ela encontrou a porta que dava para um pequeno corredor
and she found the door led into a small corridor
o corredor não era muito maior do que um buraco de rato
the corridor was not much larger than a rat-hole
Ajoelhou-se e olhou pelo corredor
she knelt down and looked along the corridor
e ela viu o jardim mais lindo que você já viu
and she saw the loveliest garden you have ever seen

como ela desejava sair daquele salão escuro
how she longed to get out of that dark hall
como ela queria vagar entre aquelas flores brilhantes
how she wanted to wander among those bright flowers
como era legal refrescar aquelas fontes
how cool refreshing those fountains looked
mas ela não conseguia sequer passar a cabeça pela porta
but she could not even get her head through the doorway
— Oh — disse Alice, triste
"Oh," said Alice, mournfully
"como eu gostaria de poder dobrar como um telescópio!"
"how I wish I could fold up like a telescope!"
"Acho que podia dobrar-me como um telescópio"
"I think I could fold up like a telescope"
"se eu soubesse como começar"
"if I only knew how to begin"
Alice voltou à mesa
Alice went back to the table
havia a chance de encontrar outra chave
there was the chance of finding another key
ou pode haver um livro de regras
or there might be a book of rules
o livro podia dizer-lhe como se dobrar como um telescópio
the book could tell her how to fold up like a telescope
Desta vez, ela encontrou uma garrafinha
This time she found a little bottle
"Esta garrafa certamente não estava aqui antes", disse Alice
"this bottle certainly was not here before," said Alice
**e amarrado ao redor do gargalo da garrafa havia um rótulo
de papel**
and tied around the neck of the bottle was a paper label
A etiqueta foi lindamente impressa em letras grandes
the label was beautifully printed in large letters
"BEBA-ME"
"DRINK ME"
"Não, vou olhar primeiro", disse ela
"No, I'll look first," she said

"Vou ver se a garrafa está marcada como venenosa ou não"
"I'll see whether the bottle is marked as poisonous or not,"
porque ela nunca esqueceu a lição sobre veneno
because she never forgot the lesson about poison
"Se uma garrafa é rotulada como venenosa, é provável que discorde de você"
"if a bottle is labelled poisonous, it's bound to disagree with you"
No entanto, esta garrafa não foi marcada como venenosa
However, this bottle was not marked as poisonous
então Alice aventurou-se a provar o conteúdo da garrafa
so Alice ventured to taste the content of the bottle
ela achou o líquido bastante ao seu gosto
she found the liquid quite to her liking
a bebida tinha uma espécie de sabor misto
the drink had a sort of mixed flavour
torta de cereja, creme e abacaxi
cherry-tart, custard, and pineapple
peru assado, caramelo e torradas com manteiga quente
roast turkey, toffee, and toast with hot butter
e ela logo terminou a garrafa
and she soon finished off the bottle
"Que sensação curiosa!", disse Alice
"What a curious feeling!" said Alice
"Estou a dobrar-me como um telescópio!"
"I am folding up like a telescope!"
E ela estava dobrando como um telescópio de fato!
And she was folding up like a telescope indeed!
Ela tinha agora apenas dez centímetros de altura
She was now only ten inches high
e o seu rosto iluminou-se com os seus pensamentos
and her face brightened up at her thoughts
agora ela era do tamanho certo para a pequena porta
now she was the the right size for the little door
agora ela podia ir para aquele lindo jardim
now she could go into that lovely garden
Logo ela parou de ficar menor

soon she stopped getting smaller
Ela decidiu ir para o jardim imediatamente
she decided on going into the garden at once
mas, ai da pobre Alice!
but, alas for poor Alice!
ela chegou à porta
she got to the door
mas ela tinha esquecido a pequena chave de ouro
but she had forgotten the little golden key
Ela voltou para a mesa para a chave
she went back to the table for the key
mas ela descobriu que não conseguia chegar alto o suficiente
but she found she could not reach high enough
ela podia ver a chave claramente através do vidro
she could see the key quite plainly through the glass
ela tentou subir pelas pernas da mesa
she tried to climb up the legs of the table
mas o copo estava muito escorregadio
but the glass was far too slippery
Eventualmente, ela se cansou de tentar
eventually she tired herself out with trying
e a pobre menina sentou-se e chorou
and the poor little girl sat down and cried
Alice falou consigo mesma de forma bastante incisiva
Alice spoke to herself rather sharply
"Venha, não adianta chorar assim!"
"Come, there's no use in crying like that!"
"Aconselho-o a parar logo neste minuto!"
"I advise you to stop right this minute!"
Ela geralmente se dava muito bons conselhos
She generally gave herself very good advice
**embora ela muito raramente seguisse seus próprios
conselhos**
though she very seldom followed her own advice
e ela às vezes era muito dura consigo mesma
and she sometimes was too harsh on herself
e as suas palavras trouxeram-lhe lágrimas aos olhos

and her words brought tears into her eyes
Logo seu olho caiu sobre uma caixinha de vidro
Soon her eye fell upon a little glass box
A caixinha de vidro estava deitada debaixo da mesa
the little glass box was lying under the table
na caixa de vidro havia um bolo muito pequeno
in the glass box was a very small cake
No bolo algumas palavras foram lindamente escritas
on the cake some words were beautifully written
as palavras tinham sido marcadas em groselhas
the words had been marked in currants
"COME-ME"
"EAT ME"
"Bem, eu vou comer o bolo", disse Alice
"Well, I'll eat the cake," said Alice
"e se o bolo me fizer crescer, posso chegar à chave"
"and if the cake makes me grow larger, I can reach the key"
"e se o bolo me fizer ficar menor, posso rastejar debaixo da porta"
"and if the cake makes me grow smaller, I can creep under the door"
"então de qualquer maneira eu vou entrar no jardim"
"so either way I'll get into the garden"
"E eu não me importo qual dos dois acontece!"
"and I don't care which of the two happens!"
Ela comeu um pouco do bolo
She ate a little bit of the cake
e ela ansiosamente falou consigo mesma:
and she anxiously spoke to herself:
"De que maneira? De que maneira?"
"Which way? Which way?"
e ela segurou a mão na cabeça
and she held her hand on her head
ela queria sentir de que maneira ela estava crescendo
she wanted to feel which way she was growing
Ela ficou bastante surpresa ao descobrir o que tinha acontecido

she was quite surprised to find what had happened
ela tinha permanecido do mesmo tamanho!
she had remained the same size!
Então, desta vez, ela dobrou seus esforços
so this time she doubled her efforts
e logo ela terminou todo o bolo
and soon she finished off the whole cake

A Piscina das Lágrimas
The Pool of Tears

"Isto está a ficar cada vez mais interessante!", gritou Alice
"This is getting more and more interesting!" cried Alice
Você pode ver que ela ficou muito surpresa
You can see she was very surprised
"Estou abrindo como o maior telescópio que já existiu!"
"I'm opening out like the largest telescope there ever was!"
"Adeus, pés! Oh, meus pobres pezinhos"
"Good-bye, feet! Oh, my poor little feet"
"Eu me pergunto quem vai calçar seus sapatos para você agora, queridos?"
"I wonder who will put on your shoes for you now, dears?"
"E eu me pergunto quem vai colocar suas meias?"
"and I wonder who will put on your stockings?"
"Estarei muito longe"
"I shall be a great deal too far away"
"Eu não vou mais poder me preocupar com você"
"I won't be able trouble myself about you anymore"
Neste exato momento, sua cabeça bateu contra algo
Just at this moment her head struck against something
ela tinha chegado ao telhado do salão
she had reached the roof of the hall
na verdade, ela tinha agora mais de dois metros de altura
in fact, she was now more than two meters tall
e ela imediatamente assumiu a pequena chave de ouro
and she at once took up the little golden key
e ela correu para a porta do jardim
and she hurried off to the garden door
Coitada da Alice! Não havia muito que ela pudesse fazer
Poor Alice! There was not much she could do
Deitou-se de um lado
she laid down on one side
e ela olhou para o jardim com um olho
and she looked through into the garden with one eye
Mas passar foi mais desesperado do que nunca
but to get through was more hopeless than ever

Sentou-se e começou a chorar novamente
She sat down and began to cry again
Ela continuou derramando galões de lágrimas
She went on shedding gallons of tears
Logo havia uma grande piscina ao seu redor
soon there was a large pool all around her
e a água chegou a meio do corredor
and the water reached half-way down the hall
Depois de um tempo, ela ouviu um pequeno bater de pés
After a time, she heard a little pattering of feet
ouviu os pés que vinham de longe
she heard the feet coming from the distance
e secou apressadamente os olhos para ver o que estava por vir
and she hastily dried her eyes to see what was coming
Era o Coelho Branco a regressar
It was the White Rabbit returning
ele estava esplendidamente vestido
he was splendidly dressed
Ele tinha um par de luvas brancas em uma das mãos
he had a pair of white gloves in one hand
e ele tinha um grande leque de penas na outra mão
and he had a large feather fan in the other hand
Ele veio trotando com muita pressa
He came trotting along in a great hurry
e murmurou para si mesmo: "Oh! a Duquesa, a Duquesa!"
and he muttered to himself, "Oh! the Duchess, the Duchess!"
"Ah! ela não será selvagem se eu a mantive esperando!"
"Oh! won't she be savage if I've kept her waiting!"

Quando o Coelho se aproximou dela, Alice falou
When the Rabbit came near her, Alice spoke
mas ela falava com uma voz baixa e tímida
but she spoke in a low, timid voice
"Senhor, por favor, pare o que você está fazendo por um momento"
"sir, please stop what you're doing for one moment"
O Coelho assustou-se violentamente
The Rabbit startled violently
deixou cair as luvas brancas e o leque de penas
he dropped the white gloves and the feather fan
e fugiu para a escuridão o mais rápido que pôde
and he scurried away into the darkness as fast as he could
Alice pegou o ventilador de penas e as luvas
Alice picked up the feather fan and gloves
e ela continuou se fantasiando enquanto continuava falando
and she kept fanning herself while she kept talking
"Querido, querido! Como tudo é estranho hoje!"
"Dear, dear! How strange everything is today!"
"Ontem as coisas correram como habitualmente"
"yesterday things went on just as usual"

"Eu era o mesmo quando me levantei esta manhã?"
"Was I the same when I got up this morning?"
"Mas se eu não sou o mesmo, há outra questão"
"But if I'm not the same, there is another question"
"Quem no mundo sou eu?"
"Who in the world am I?"
"Ah, esse é o grande quebra-cabeça!"
"Ah, that's the great puzzle!"
Ao dizer isso, ela olhou para suas mãos
As she said this, she looked down at her hands
Ela estava usando uma das pequenas luvas brancas dos coelhos
she was wearing one of the rabbits little white gloves
ela não tinha notado que ela colocou a luva enquanto falava
she hadn't noticed she put the glove on while talking
"Como posso ter feito isso?", pensou
"How can I have done that?" she thought
"Devo estar a ficar pequeno outra vez"
"I must be growing small again"
Levantou-se e foi para a mesa medir a sua altura
She got up and went to the table to measure her height
descobriu que tinha agora cerca de meio metro de altura
she found that she was now about half a meter tall
e ela ainda estava encolhendo rapidamente
and she was still shrinking rapidly
Ela logo descobriu qual era a causa do encolhimento
She soon found out what the cause of the shrinking was
o fã de penas estava a torná-la mais pequena outra vez!
the feather fan was making her smaller again!
e ela largou o leque de penas às pressas
and she dropped the feather fan hastily
Ela largou o ventilador de penas a tempo de se salvar
she dropped the feather fan just in time to save herself
se ela tivesse se fantasiado mais, teria se encolhido completamente
had she fanned herself any longer she would have shrunk away entirely

"Foi uma fuga por pouco!", disse Alice

"That was a narrow escape!" said Alice

e ela ficou bastante assustada com a mudança repentina

and she was a good deal frightened at the sudden change

mas ela estava muito feliz por se encontrar ainda na existência

but she was very glad to find herself still in existence

"E agora, vamos para o jardim!"

"And now, off to the garden!"

E ela correu com toda a velocidade de volta para a pequena porta

And she ran with all speed back to the little door

mas, infelizmente! a pequena porta foi fechada novamente

but, alas! the little door was shut again

e a pequena chave dourada estava deitada na mesa de vidro novamente

and the little golden key was lying on the glass table again

"As coisas estão piores do que nunca", pensou a pobre criança

"Things are worse than ever," thought the poor child

"Nunca fui tão pequena como antes, nunca!"

"I never was so small as this before, never!"

Quando ela disse essas palavras, seu pé escorregou

As she said these words, her foot slipped

e em outro momento houve um grande splash!

and in another moment there was a great splash!

ela estava até o queixo em água salgada

she was up to her chin in salt-water

A sua primeira ideia foi que, de alguma forma, tinha caído no mar

Her first idea was that she had somehow fallen into the sea

No entanto, ela logo percebeu no que estava

However, she soon realized what she was in

Ela estava em uma poça de lágrimas

she was in a pool of tears

as lágrimas que chorara quando tinha dois metros de altura

the tears she had wept when she was two meters tall

Só então ela ouviu algo
Just then she heard something
algo estava espirrando na piscina
something was splashing about in the pool
os salpicos vieram de um pouco longe
the splashing came from a little way off
e ela nadou mais perto para ver o que era o salpicos
and she swam nearer to see what the splashing was
Ela logo viu que era apenas um ratinho
she soon saw that it was only a little mouse
O ratinho também tinha escorregado para a água
the little mouse had slipped in to the water too
Alice pensou consigo mesma sobre a situação
Alice thought to herself about the situation
"Seria de alguma utilidade falar com este rato?"
"Would it be of any use to speak to this mouse?"
"Aqui está tudo tão de cabeça para baixo"
"Everything is so up-side-down down here"
"Devo pensar muito provavelmente que este rato pode falar"

"I should think very likely this mouse can talk"
"De qualquer forma, não há mal nenhum em tentar"
"at any rate, there's no harm in trying"
Então ela começou a tentar falar com o rato
So she began trying to talk to the mouse
"Oh Mouse, você sabe o caminho para sair desta piscina?"
"Oh Mouse, do you know the way out of this pool?"
"Estou muito cansado de nadar por aqui, Oh Mouse!"
"I am very tired of swimming about here, Oh Mouse!"
O rato olhou-a de forma bastante curiosa
The mouse looked at her rather inquisitively
O rato parecia piscar com um dos seus olhinhos
the mouse seemed to wink with one of its little eyes
mas o ratinho não disse nada
but the little mouse said nothing
"Talvez o rato não entenda inglês", pensou Alice
"Perhaps the mouse doesn't understand English," thought
Alice
"Ouso dizer que é um rato francês"
"I dare say it's a French mouse"
**"talvez este rato tenha vindo com Guilherme, o
Conquistador"**
"perhaps this mouse came over with William the Conqueror"
Então ela começou de novo, em francês
So she began again, in French
"Onde está o meu gato?", perguntou em francês
"Where is my cat?" she asked in French
foi a primeira frase do seu livro-aula de francês
it was the first sentence in her French lesson-book
O Rato deu um salto repentino para fora da água
The Mouse gave a sudden leap out of the water
e o rato parecia tremer todo de susto
and the mouse seemed to quiver all over with fright
"Oh, peço perdão!", gritou Alice apressadamente
"Oh, I beg your pardon!" cried Alice hastily
ela tinha medo de ter ferido os sentimentos do pobre animal
she was afraid that she had hurt the poor animal's feelings

"Esqueci-me que não gostavas de gatos"
"I quite forgot you didn't like cats"
"Eu não gosto de gatos!", gritou o Rato com uma voz
estridente e apaixonada
"I don't like cats!" cried the Mouse in a shrill, passionate voice
"Você gostaria de gatos, se você fosse eu?"
"Would you like cats, if you were me?"
Alice confortou o rato num tom suave
Alice comforted the mouse in a soothing tone
"Bem, talvez eu não gostasse de gatos se eu fosse você
também"
"Well, perhaps I would not like cats if I were you either"
"por favor, não se zangue com a menção de gatos"
"please don't be angry about the mention of cats"
"E, no entanto, eu gostaria de poder mostrar-lhe a nossa gata
Dinah"
"And yet I wish I could show you our cat Dinah"
"se você a conhecesse, acho que levaria uma fantasia aos
gatos"
"if you met her I think you'd take a fancy to cats"
"Se você só pudesse vê-la"
"if you could only see her"
"Ela é uma coisa tão querida e tranquila"
"She is such a dear, quiet thing"
O rato tremia todo
The mouse was shaking all over
Alice sentiu-se certa de que o rato devia estar realmente
ofendido
Alice felt certain the mouse must be really offended
"Não vamos mais falar dela, se preferir não"
"We won't talk about her any more, if you'd rather not"
"Nós, de fato!", gritou o Rato
"We, indeed!" cried the Mouse
o rato tremia até ao fim da cauda
the mouse was trembling down to the end of its tail
"Como se eu falasse sobre um assunto desses!"
"As if I would talk on such a subject!"

"A nossa família sempre odiou gatos"
"Our family always hated cats"
"gatos; coisas desagradáveis, baixas, vulgares!"
"cats; nasty, low, vulgar things!"
"Não me deixe ouvir o nome novamente!"
"Don't let me hear the name again!"
"Não vou falar de gatos de novo!", disse Alice
"I won't mention cats again indeed!" said Alice
ela estava com muita pressa para mudar de assunto
she was in a great hurry to change the subject
"Você é... Você gosta de cachorros?"
"Are you... are you fond of dogs?"
"Há um cãozinho tão agradável perto da nossa casa"
"There is such a nice little dog near our house,"
"Gostaria de lhe mostrar o cãozinho!"
"I should like to show you the little dog!"
"Este cãozinho mata todos os ratos e...
"this little dog kills all the rats and...
"Oh, querida!", gritou Alice em tom de tristeza
"oh, dear!" cried Alice in a sorrowful tone
"Tenho medo de te ofender de novo!"
"I'm afraid I've offended you again!"
o rato estava nadando para longe dela o mais rápido que podia ir
the mouse was swimming away from her as fast as it could go
e o rato fez uma grande comoção na piscina
and the mouse made quite a commotion in the pool
Então ela ligou suavemente atrás do rato
So she called softly after the mouse
"Meu querido rato, por favor, volte!"
"my dear mouse, please come back!"
"E não vamos falar de gatos"
"and we won't talk about cats"
"E também não temos de falar de cães"
"and we don't have to talk about dogs either"
Quando o rato ouviu isso, virou-se
When the mouse heard this, it turned around

e o ratinho nadou lentamente de volta para ela
and the little mouse swam slowly back to her
o rosto do rato estava bastante pálido
the mouse's face was quite pale
e o rato falou, com voz baixa e trêmula
and the mouse spoke, in a low, trembling voice
"Vamos à costa"
"Let us get to the shore"
"e depois vou contar-vos a minha história"
"and then I'll tell you my history"
"e você vai entender por que é que eu odeio cães e gatos"
"and you'll understand why it is I hate cats and dogs"
Tinha chegado o momento de partir
It had become high time to go
porque a piscina estava ficando bastante lotada
because the pool was getting quite crowded
outras aves e animais tinham caído na piscina
other birds and animals had fallen into the pool
havia um pato e um dodô
there were a Duck and a Dodo
e havia um pássaro Lory e um Eaglet
and there was a Lory bird and an Eaglet
e havia várias outras criaturas de aparência interessante
and there were several other interesting looking creatures
Alice conduziu o caminho para fora da piscina
Alice led the way out the pool
e todo o grupo de animais nadou até a praia
and the whole party of animals swam to the shore

Uma corrida de caucus e uma cauda longa
A caucus race and a long tail
Eles eram, de fato, um bando de animais de aparência engraçada
They were indeed a funny-looking bunch of animals
e todos se reuniram na margem da água
and they all assembled on the water's bank
todos os pássaros tinham penas arrastadas
the birds all had bedraggled feathers
e os animais peludos foram encharcados
and the furry animals were soaked through
e todos estavam pingando molhados, irritados e desconfortáveis
and all were dripping wet, annoyed and uncomfortable

havia uma pergunta que tinha de ser respondida primeiro
there was one question that had to be answered first
Qual é a melhor maneira de todos ficarem secos?
what is the best way for everyone to get dry?
Procederam a uma consulta sobre este assunto
They had a consultation about this matter
logo estavam todos em termos familiares
soon they were all on familiar terms
era como se os tivesse conhecido toda a vida
it was as if she had known them all her life
o rato parecia ser uma pessoa de alguma autoridade

the mouse seemed to be a person of some authority

"Sentem-se, todos vocês, e ouçam-me!

"Sit down, all of you, and listen to me!

"Em breve vou fazer todos vocês secarem de novo!"

"I'll soon make you all dry again!"

Todos se sentaram de uma só vez, num grande anel

They all sat down at once, in a large ring

e o ratinho sentou-se no meio

and the little mouse sat in the middle

"Ahem!", disse o rato com um ar importante

"Ahem!" said the mouse with an important air

"Estão todos prontos?"

"Are you all ready?"

"Esta é a coisa mais seca que conheço"

"This is the driest thing I know"

"Silêncio ao redor, se quiser!"

"Silence all around, if you please!"

"Guilherme, o Conquistador, foi favorecido pelo Papa"

"William the Conqueror was favoured by the pope"

"mas logo foi submetido pelos ingleses"

"but he was soon submitted to by the English"

"Queriam líderes dos últimos tempos"

"they wanted leaders of late"

"e estavam habituados ao poder e à conquista"

"and they had been accustomed to power and conquest"

"Edwin e Morcar, os Condes de Mércia e Nortúmbria"

"Edwin and Morcar, the Earls of Mercia and Northumbria"

"Ugh!", disse o pássaro lori, com um arrepio

"Ugh!" said the lori bird, with a shiver

"e até mesmo Stigand, o arcebispo patriótico de Cantuária"

"and even Stigand, the patriotic archbishop of Canterbury"

"Ele também achou aconselhável"

"he also found it advisable"

"O que ele achou aconselhável?", disse o pato

"What did he find advisable?" said the duck

"Ele achou aconselhável", respondeu o rato de forma bastante cruzada

"He found it advisable" the mouse replied rather crossly
mas o pato não estava satisfeito
but the duck was not satisfied
"Claro, você sabe o que 'isso' significa"
"of course, you know what 'it' means"
"Eu sei o que é 'isso' quando encontro uma coisa", disse o pato
"I know what 'it' is when I find a thing," said the duck
"geralmente é um sapo ou um verme"
"it's generally a frog or a worm"
"A questão é: o que o arcebispo encontrou?"
"The question is, what did the archbishop find?"
O rato não reparou nesta pergunta
The mouse did not notice this question
Em vez disso, o rato prosseguiu apressadamente com o discurso
instead, the mouse hurriedly went on with the speech
"achou aconselhável ir com Edgar Atheling"
"he found it advisable to go with Edgar Atheling"
"encontrar-se com Guilherme e oferecer-lhe a coroa"
"to meet William and offer him the crown"
o rato continuou, virando-se para Alice enquanto falava
the mouse continued, turning to Alice as it spoke
"Como você está se saindo agora, meu caro?"
"How are you getting on now, my dear?"
"Tão molhada como sempre", disse Alice em tom melancólico
"As wet as ever," said Alice in a melancholy tone
"Esta história não me parece secar de todo"
"this story doesn't seem to dry me at all"
— Nesse caso — disse solenemente o dodô, erguendo-se de pé
"In that case," said the dodo solemnly, rising to its feet
"Voto pelo adiamento da reunião"
"I vote that the meeting be adjourned"
"e proponho a adoção imediata de remédios mais enérgicos"
"and I propose an immediate adoption of more energetic

remedies"
"Fale palavras verdadeiras!", disse a águia
"Speak real words!" said the eaglet
"Não sei o significado de metade dessas palavras longas"
"I don't know the meaning of half of those long words"
"e, além disso, eu não acredito que você também saiba!"
"and, what's more, I don't believe you know either!"
"O que eu ia dizer", disse o dodô em tom ofendido
"What I was going to say," said the dodo in an offended tone
"A melhor coisa para nos secar seria uma corrida de caucus"
"the best thing to get us dry would be a caucus-race"
"O que é uma corrida de caucus?", perguntou Alice
"What is a caucus-race?" said Alice

"Bem", disse o dodô, "a melhor maneira de explicar é fazê-lo"
"Well," said the dodo, "the best way to explain it is to do it"
"Primeiro o dodô marcou um autódromo"
"First the dodo marked out a race-course"
"a pista estava numa espécie de círculo"
"the track was in a sort of circle"
"e depois toda a festa foi colocada ao longo do percurso"
"and then all the party were placed along the course"
Não havia "Um, dois, três e longe!"
There was no "One, two, three and away!"
mas começaram a correr quando gostavam
but they began running when they liked

e também terminaram quando gostaram
and they also finished when they liked
Por isso, não foi fácil saber quando a corrida terminou
so it was not easy to know when the race was over
depois de meia hora ou mais de corrida, estavam todos
bastante secos
after half an hour or so of running they were all quite dry
o dodô de repente gritou: "A corrida acabou!"
the dodo suddenly called out, "The race is over!"
e todos eles se aglomeraram ao redor do dodô
and they all crowded around the dodo
Todos os animais estavam ofegantes e inchados
all the animals were panting and puffing
e todos queriam saber: "Mas quem ganhou?"
and they all wanted to know, "But who has won?"
Esta pergunta o dodô não poderia responder imediatamente
This question the dodo could not immediately answer
Primeiro ele teve que pensar muito
first he had to do a great deal of thinking
Depois de muito pensar, o dodô finalmente falou
after much thinking, the dodo finally spoke
"Toda a gente ganhou e todos devem ter prémios"
"Everybody has won, and all must have prizes"
"Mas quem vai dar os prémios?", perguntou um coro de
vozes
"But who is to give the prizes?" asked a chorus of voices
"Bem, ela, claro", disse o dodô
"Well, she, of course," said the dodo
e o dodô apontou com um dedo para Alice
and the dodo pointed with one finger to Alice
e toda a festa de animais amontoados ao seu redor
and the whole party of animals crowded around her
gritaram, de forma confusa: "Prémios! Prémios!"
they called out, in a confused way, "Prizes! Prizes!"
Alice não fazia ideia do que fazer
Alice had no idea what to do
Desesperada, meteu a mão no bolso

in despair she put her hand into her pocket
e puxou uma caixa de doces
and she pulled out a box of sweets
Felizmente a água salgada não tinha entrado na caixa
luckily the salt-water had not got into the box
e entregou os doces como prémios
and she handed the sweets around as prizes
Havia exatamente uma peça para todos
There was exactly one piece for everyone
A próxima coisa que tinham de fazer era comer os doces
The next thing they had to do was to eat the sweets
Isso causou algum barulho e confusão
this caused some noise and confusion
as aves de grande porte queixavam-se de não poderem provar os seus doces
the large birds complained that they could not taste their sweets
os pequenos engasgaram e tiveram de ser acariciados nas costas
the small ones choked and had to be patted on the back
No entanto, finalmente acabou
However, it was over at last
e voltaram a sentar-se num ringue
and they sat down again in a ring
e imploraram ao rato que lhes dissesse algo mais
and they begged the mouse to tell them something more
"Você prometeu me contar sua história, você sabe", disse Alice
"You promised to tell me your history, you know," said Alice
e ela fez outro pequeno comentário sobre gatos em um sussurro
and she made another little remark about cats in a whisper
ela não queria ofender o rato novamente
she didn't want to offend the mouse again
o ratinho virou-se para Alice e suspirou
the little mouse turned to Alice and sighed
"O meu é um conto longo e triste!"

"Mine is a long and a sad tale!"
"É uma cauda longa, certamente", disse Alice
"It is a long tail, certainly," said Alice
e ela olhou para baixo com admiração para a cauda do rato
and she looked down with wonder at the mouse's tail
"Mas por que você chama isso de rabo triste?"
"but why do you call it a sad tail?"
E ela continuou intrigada sobre isso enquanto o rato falava
And she kept on puzzling about it while the mouse was speaking
de modo que sua ideia do conto era algo assim
so that her idea of the tale was something like this

<pre>
          "Fury said to
            a mouse, That
              he met in the
                house, 'Let
                  us both go
                    to law: I
                    will prosecute
                      you.—
                        Come, I'll
                      take no denial:
                    We must have
                  the trial;
                For really
              this morning
          I've
        nothing
      to do.'
          Said the
            mouse to
              the cur,
                'Such a
                  trial, dear
                    sir, With
                      no jury
                        or judge,
                        would
                        be wasting
                      our
                    breath.'
                  'I'll be
                  judge,
              I'll be
            jury,'
          said
        cunning
          old
            Fury;
              'I'll
                try
                  the
                    whole
                      cause,
                      and
                    condemn
                  you to
            death.'"
</pre>

Fúria disse a um rato, Que ele se encontrou na casa"
Fury said to a mouse, That he met in the house"

Vamos ambos à justiça: vou processá-los
Let us both go to law: I will prosecute you
Venha, não vou negar: temos de ter o julgamento
Come, I'll take no denial: We must have the trial
Porque realmente esta manhã eu não tenho nada para fazer
For really this morning I've nothing to do
Disse o rato ao curativo;
Said the mouse to the cur;
Tal julgamento, caro senhor, sem júri ou juiz, estaria a desperdiçar-nos o fôlego
Such a trial, dear sir, With no jury or judge, would be wasting our breath
"Vou ser juiz, vou ser jurado", disse o velho Fúria
"I'll be judge, I'll be jury," said cunning old Fury
Vou tentar toda a causa e condená-lo à morte
I'll try the whole cause, and condemn you to death
o rato falou severamente com Alice
the mouse spoke severely to Alice
"Você não está prestando atenção!"
"You are not paying attention!"
"O que você está pensando?"
"What are you thinking of?"
— Peço perdão — disse Alice muito humildemente
"I beg your pardon," said Alice very humbly
"você tinha chegado à quinta curva, eu acho?"
"you had got to the fifth bend, I think?"
"Você me insulta falando essas bobagens!"
"You insult me by talking such nonsense!"
e o rato levantou-se e afastou-se
and the mouse got up and walked away
Alice chamou por causa do ratinho
Alice called after the little mouse
"Por favor, volte e termine sua história!"
"Please come back and finish your story!"
E os outros juntaram-se todos em coro
And the others all joined in chorus
"Sim, por favor, termine a sua história!"

"Yes, please do finish your story!"
Mas o rato apenas balançou a cabeça impacientemente
But the mouse only shook its head impatiently
e o ratinho andava um pouco mais depressa
and the little mouse walked a little quicker
"Quem me dera ter a Dinah, a nossa gata, aqui!", disse Alice
"I wish I had Dinah, our cat, here!" said Alice
Isso causou uma sensação notável entre o partido
This caused a remarkable sensation among the party
Alguns dos pássaros saíram apressados de uma só vez
Some of the birds hurried off at once
e um Canário gritou, com voz trêmula, aos seus filhos;
and a Canary called out in a trembling voice, to its children;
"Vá embora, meus queridos!"
"Come away, my dears!"
"Está na hora de vocês estarem todos na cama!"
"It's high time you were all in bed!"
com várias desculpas, todos foram embora
with various excuses they all went away
e Alice logo foi deixada sozinha
and Alice was soon left alone
"Eu gostaria de não ter mencionado Dinah!"
"I wish I hadn't mentioned Dinah!"
"Ninguém parece gostar dela aqui em baixo"
"Nobody seems to like her down here"
"mas tenho certeza que ela é a melhor gata do mundo!"
"but I'm sure she's the best cat in the world!"
A pobre Alice voltou a chorar
Poor Alice began to cry again
porque se sentia muito solitária e desanimada
because she felt very lonely and low-spirited
Em pouco tempo, no entanto, ela voltou a ouvir algo
In a little while, however, she again heard something
um pequeno respingo de passos ao longe
a little pattering of footsteps in the distance
e ela olhou ansiosamente
and she looked up eagerly

O coelho manda o pequeno Sr. Bill
The rabbit sends in little Mr Bill

**Era o coelho branco, trotando lentamente de volta
novamente**
It was the white rabbit,trotting slowly back again
Ele olhava ansioso enquanto ia
he was looking about anxiously as he went
parecia ter perdido alguma coisa
he looked as if he had lost something
Alice ouviu-o murmurar para si mesmo
Alice heard him muttering to himself
"A Duquesa! A Duquesa! Oh, minhas queridas patas!"
"The Duchess! The Duchess! Oh, my dear paws!"
"Oh, meu pelo e bigodes!"
"Oh, my fur and whiskers!"
"Ela vai me executar, tenho certeza disso"
"She'll get me executed, I'm sure of that"
"Tão certo como os furões são furões!"
"just as sure as ferrets are ferrets!"

"Onde posso ter largado as minhas coisas, pergunto-me?"
"Where can I have dropped my things, I wonder?"
Alice adivinhou num instante o que ele procurava
Alice guessed in a moment what he was looking for
ele estava procurando o fã de penas
he was looking for the feather fan
e procurava o par de luvas brancas
and he was looking for the pair of white gloves
então ela muito bem-humorada começou a procurar as luvas
so she very good-naturedly began looking for the gloves
e ela procurou o fã de penas também
and she looked for the feather fan too
mas as luvas e o ventilador de penas não eram vistos em lugar nenhum
but the gloves and feather fan were nowhere to be seen
Tudo parecia ter mudado desde o seu mergulho na piscina
everything seemed to have changed since her swim in the pool
Nada era igual desde que ela estava no Grande Salão
nothing was the same since she had been in the great hall
e a mesa de vidro tinha desaparecido
and the glass table had vanished
e a pequena porta também não estava lá
and the little door wasn't there either
Logo o coelho notou Alice
Very soon the rabbit noticed Alice
chamou-a em tom de raiva
he called to her in an angry tone
"Mary Ann, o que você está fazendo aqui fora?"
"Mary Ann, what are you doing out here?"
"Corra para casa neste momento"
"Run home this moment"
"E me busque um par de luvas e um ventilador de penas!"
"and fetch me a pair of gloves and a feather fan!"
"E seja rápido sobre isso!"
"and be quick about it!"
Alice falou consigo mesma enquanto fugia
Alice spoke to herself as she ran off

"Ele deve ter me confundido com sua empregada doméstica!"
"He must have mistaken me for his housemaid!"
"Como ele ficará surpreso quando descobrir quem eu sou!"
"How surprised he'll be when he finds out who I am!"
Ao dizer isso, deparou-se com uma casinha arrumada
As she said this, she came upon a neat little house
Na porta da casa havia uma placa de latão brilhante
on the door of the house was a bright brass plate
"W. COELHO"
"W. RABBIT"
Ela entrou sem bater na porta
She went in without knocking on the door
e ela correu direto para o andar de cima
and she hurried straight upstairs
ela temia conhecer a verdadeira Mary Ann
she worried that she might meet the real Mary Ann
porque então ela seria expulsa de casa
because then she would be turned out of the house
e ela não seria capaz de encontrar o ventilador de penas e
luvas
and she wouldn't be able to find the feather fan and gloves
Alice tinha encontrado o caminho para um quartinho
arrumado
Alice had found her way into a tidy little room
na sala havia uma mesa junto à janela
in the room was a table by the window
e sobre a mesa estava um fã de penas
and on the table was a feather fan
e havia dois ou três pares de pequenas luvas brancas
and there were two or three pairs of tiny white gloves
Ela pegou o ventilador de penas e um par de luvas
she picked up the feather fan and a pair of the gloves
e ela estava prestes a sair da sala
and she was just about to leave the room
mas então seus olhos caíram sobre uma garrafinha
but then her eyes fell upon a little bottle
Ela descortinou a garrafa e colocou-a nos lábios

She uncorked the bottle and put it to her lips
"Espero que me faça crescer de novo"
"I do hope it'll make me grow large again"
"Estou cansada de ser uma coisinha tão pequena!"
"I'm tired of being such a tiny little thing!"
Alice mal tinha bebido metade da garrafa
Alice had hardly drunk half the bottle
sua cabeça já estava pressionando contra o teto
her head was already pressing against the ceiling
e ela teve que se inclinar para baixo
and she had to stoop down
para salvar seu pescoço de ser quebrado
to save her neck from being broken
Ela apressadamente abaixou a garrafa
She hastily put down the bottle
"Já chega"
"That's quite enough"
"Espero não crescer mais"
"I hope I don't grow anymore"
Infelizmente! Era tarde demais para desejar isso!
Alas! It was too late to wish that!
Ela continuou crescendo e crescendo
She went on growing and growing
e logo teve que se ajoelhar no chão
and very soon she had to kneel down on the floor
e mesmo assim ela continuou crescendo
and even then she went on growing
Como último recurso, ela colocou um braço para fora da janela
as a last resource she put one arm out of the window
e pôs um pé na chaminé
and she put one foot up the chimney
"Agora não posso fazer mais, aconteça o que acontecer"
"Now I can do no more, whatever happens"
"O que será de mim?"
"What will become of me?"

Alice teve um lugar de sorte
Alice had a spot of luck
a pequena garrafa mágica tinha tido todo o seu efeito
the little magic bottle had had its full effect
e Alice não cresceu mais do que era
and Alice grew no larger than she was
Depois de alguns minutos, ela ouviu uma voz do lado de fora
After a few minutes she heard a voice outside
e parou para ouvir a voz
and she stopped to listen to the voice
"Maria Ana! Mary Ann!", disse a voz
"Mary Ann! Mary Ann!" said the voice
"Busca-me as luvas neste momento!"
"Fetch me my gloves this moment!"
Depois veio um pequeno bater de pés nas escadas
Then came a little pattering of feet on the stairs
Alice sabia que era o coelho que vinha procurá-la
Alice knew it was the rabbit coming to look for her
e ela tremeu até sacudir a casa

and she trembled till she shook the house
esqueceu-se completamente das suas proporções
she quite forgot what her proportions were
ela era mil vezes maior que o coelho
she was a thousand times as large as the rabbit
e ela não tinha motivos para ter medo de um coelho
and she had no reason to be afraid of a rabbit
Presentemente, o coelho veio até a porta
Presently the rabbit came up to the door
e o coelhinho tentou abrir a porta
and the little rabbit tried to open the door
A porta começou a abrir-se para dentro
the door started to open inwards
mas o cotovelo de Alice foi pressionado com força contra a porta
but Alice's elbow was pressed hard against the door
Essa tentativa revelou-se um fracasso
that attempt proved a failure
Alice ouviu o coelho falar consigo mesmo
Alice heard the rabbit speak to himself
"Depois dou a volta e entro pela janela"
"Then I'll go around and get in through the window"
"Que você não vai!", pensou Alice
"That you won't!" thought Alice
e ela esperou um pouco novamente
and she waited a little again
Logo ela ouviu o coelho logo abaixo da janela
soon she heard the rabbit just under the window
De repente, estendeu a mão
she suddenly spread out her hand
e ela fez um arrebatamento no ar
and she made a snatch in the air
Ela não se apoderou de nada
She did not get hold of anything
mas ouviu um pequeno grito e uma queda
but she heard a little shriek and a fall
e ela ouviu uma queda de vidro quebrado

and she heard a crash of broken glass
talvez o coelho tivesse caído
perhaps the rabbit had fallen
talvez ele estivesse em uma casa verde
maybe he was in a green-house
Em seguida, veio uma voz irritada; A voz do coelho
Next came an angry voice; the rabbit's voice
"Pat, onde você está?"
"Pat, where are you?"
E então veio uma voz que ela nunca tinha ouvido antes
And then came a voice she had never heard before
"Vossa honra, estou aqui!"
"your honour, I'm here!"
"Estou a cavar maçãs"
"I'm digging for apples"
"Aqui! Venha me ajudar a sair dessa!"
"Here! Come and help me out of this!"
"Agora me diga, Pat, o que é isso na janela?"
"Now tell me, Pat, what's that in the window?"
"Claro, sua honra, eu lhe direi"
"Sure, your honour, I will tell you"
"É um braço que está na janela!"
"it's an arm that's in the window!"
"Bem, um braço não tem nada a ver com isso"
"Well, an arm has no business there"
"Vá e tire o braço!"
"go and take the arm away!"
Houve um longo silêncio depois disso
There was a long silence after this
e Alice só podia ouvir sussurros de vez em quando
and Alice could only hear whispers now and then
e, finalmente, estendeu novamente a mão
and at last she spread out her hand again
e ela fez outro arrebatamento no ar
and she made another snatch in the air
Desta vez, houve dois pequenos gritos
This time there were two little shrieks

e havia mais sons de vidros quebrados
and there was more sounds of broken glass
"Eu me pergunto o que eles vão fazer a seguir!", pensou Alice
"I wonder what they'll do next!" thought Alice
"Quem me dera que me puxassem pela janela"
"I wish they would pull me out the window"
Ela esperou por algum tempo
She waited for some time
mas por um tempo ela não ouviu mais nada
but for a while she didn't hear anything more
Por fim, veio um estrondo de pequenas rodas
At last came a rumbling of little wheels
e lá veio o som de um bom número de vozes
and there came the sound of a good many voices
todas as vozes falavam juntas
all the voices were talking together
Ela conseguia perceber algumas das palavras
She could make out some of the words
"Onde está a outra escada?"
"Where's the other ladder?"
"Bill tem a outra escada"
"Bill's got the other ladder"
"Bill, venha aqui!"
"Bill, come here!"
"Será que o telhado vai suportar a carga?"
"Will the roof bear the load?"
"Quem quer descer a chaminé?"
"Who wants to go down the chimney?"
"Não, não vou! Você faz isso!"
"Nay, I shall not! You do it!"
"Aqui, Bill!"
"Here, Bill!"
"O mestre diz que você tem que descer a chaminé!"
"The master says you've got to go down the chimney!"
Alice puxou o pé o mais longe que pôde pela chaminé
Alice drew her foot as far down the chimney as she could

e então ela esperou para ver o que estava por vir
and then she waited to see what was coming
Ela ouviu um bichinho arranhando e mexendo
she heard a little animal scratching and scrambling
o animalzinho deve estar na chaminé
the little animal must be in the chimney
Em seguida, ela deu um chute forte
then she gave one sharp kick
e esperou para ver o que aconteceria a seguir
and she waited to see what would happen next
Ela ouviu um coro geral de vozes
she heard a general chorus of voices
"Lá vai Bill!", disseram todos
"There goes Bill!" they all said
depois ouviu sozinha a voz do coelho
then she heard the rabbit's voice alone
"Você pela sebe, pegue-o!"
"You by the hedge, catch him!"
Houve mais um momento de silêncio
there was another moment of silence
e depois houve outra confusão de vozes
and then there was another confusion of voices
"Levanta a cabeça, Brandy"
"Hold up his head, Brandy"
"cuidado para não sufocá-lo"
"be careful not to choke him"
"O que aconteceu com você?"
"What happened to you?"
Por último, veio uma voz um pouco fraca e estridente
Last came a little feeble, squeaking voice
"Bem, quase não sei mais"
"Well, I hardly know no more"
"obrigado a todos, estou melhor agora"
"thank you all, I'm better now"
"há uma coisa de que me lembro"
"there is one thing I can remember"
"algo me vem como um comboio num túnel"

"something comes at me like a train in a tunnel"
"e lá em cima eu voo como um foguete!"
"and up I fly like a sky-rocket!"
Houve um ou dois minutos de silêncio
there was a minute or two of silence
e então eles começaram a se mover novamente
and then they began moving about again
e Alice ouviu o Coelho falar novamente
and Alice heard the Rabbit speak again
"Um barrowful vai fazer, para começar"
"A barrowful will do, to begin with"
"Um barrowful de quê?", pensou Alice
"A barrowful of what?" thought Alice
Mas ela não foi mantida em suspense por muito tempo
But she was not kept in suspense for long
Uma chuva de pequenos seixos veio pela janela
a shower of little pebbles came through the window
e alguns dos pequenos seixos atingiram-na na cara
and some of the little pebbles hit her in the face
Alice ficou surpreendida com os pequenos seixos
Alice was surprised about the little pebbles
todos os pequenos seixos estavam se transformando em bolos
all the little pebbles were turning into cakes
e uma ideia brilhante lhe veio à cabeça
and a bright idea came into her head
"Devia comer um destes bolos"
"I should eat one of these cakes"
"bolo com certeza vai fazer alguma mudança no meu tamanho"
"cake is sure to make some change in my size"
Então ela engoliu um dos bolos
So she swallowed one of the cakes
e ficou encantada ao descobrir que começou a encolher
and she was delighted to find that she began shrinking
Logo ela era pequena o suficiente para passar pela porta
soon she was small enough to get through the door

ela saiu correndo de casa
she ran out of the house
uma multidão de pequenos animais e pássaros esperava do lado de fora
a crowd of little animals and birds were waiting outside
todos os passarinhos e animais correram para Alice
all the little birds and animals rushed at Alice
mas ela fugiu o mais rápido que pôde
but she ran off as fast as she could
e logo ela se viu segura em uma madeira grossa
and soon she found herself safe in a thick wood
Alice vagava pela floresta
Alice wandered about in the woods
e pensou consigo mesma:
and she thought to herself:
"Sei o que tenho de fazer primeiro"
"I know what I have to do first"
"primeiro eu tenho que crescer para o meu tamanho certo novamente"
"first I have to grow to my right size again"
"e então eu tenho que encontrar o meu caminho para aquele lindo jardim"
"and then I have to find my way into that lovely garden"
"Suponho que devo comer ou beber uma coisa ou outra"
"I suppose I ought to eat or drink something or other"
"mas a questão é: o que devo comer ou beber?"
"but the question is what should I eat or drink?"
Alice olhou à sua volta para as flores
Alice looked all around her at the flowers
e ela olhou através das lâminas de grama
and she looked through the blades of grass
mas ela não conseguia ver nada para comer ou beber
but she could not see anything to eat or drink
nada parecia a coisa certa para comer ou beber
nothing looked like the right thing to eat or drink
Havia um grande cogumelo crescendo perto dela
There was a large mushroom growing near her

o cogumelo tinha aproximadamente a mesma altura que Alice
the mushroom was about the same height as Alice
Ela se esticou na ponta dos pés
She stretched herself up on tiptoes
e ela espiou sobre a borda do cogumelo
and she peeped over the edge of the mushroom
seus olhos imediatamente encontraram os olhos de uma grande lagarta azul
her eyes immediately met the eyes of a large blue caterpillar
A lagarta estava sentada no topo do cogumelo
the caterpillar was sitting on the top of the mushroom
e a lagarta cruzara todos os braços
and the caterpillar had crossed all his arms
e ele estava silenciosamente fumando um longo narguilé
and he was quietly smoking a long hookah
e não tomou a menor nota de nada
and he took not the smallest notice of anything
e ele certamente não prestou atenção em Alice
and he certainly didn't pay attention to Alice

Conselhos de uma lagarta
Advice from a caterpillar

Por fim, a lagarta tirou o narguilé da boca
At last the caterpillar took the hookah out of its mouth
e dirigiu-se a Alice com uma voz lânguida e sonolenta
and he addressed Alice in a languid, sleepy voice
"Quem é você?", disse a lagarta
"Who are you?" said the caterpillar

Alice respondeu, bastante tímida: "Mal sei, senhor"
Alice replied, rather shyly, "I hardly know, sir"
"Só no momento é tudo um pouco..."
"just at the moment it's all a bit..."
"Eu sei quem eu era quando me levantei esta manhã""
"I know who I was when I got up this morning""
"mas acho que devo ter mudado várias vezes desde então"
"but I think I must have changed several times since then"
"O que você quer dizer com isso?", disse a lagarta
"What do you mean by that?" said the caterpillar
severamente, a lagarta pediu-lhe que se explicasse

sternly the caterpillar asked her to explain herself

"Não consigo me explicar, tenho medo, senhor", disse Alice

"I can't explain myself, I'm afraid, sir," said Alice

"porque eu não sou eu mesmo"

"because I'm not myself"

"Você vê, ser tantos tamanhos diferentes em um dia é muito confuso"

"you see, being so many different sizes in a day is very confusing"

Ela levantou-se e disse muito gravemente:

She pulled herself up and said very gravely:

"Eu acho que você deveria me dizer quem você é, primeiro"

"I think you ought to tell me who you are, first"

"Por quê?", disse a lagarta

"Why?" said the caterpillar

Alice não conseguia pensar em nenhuma boa razão

Alice could not think of any good reason

e a lagarta parecia estar em um estado de espírito muito desagradável

and the caterpillar seemed to be in a very unpleasant state of mind

Então ela se afastou

so she turned away

"Voltem!", a lagarta chamou por ela

"Come back!" the caterpillar called after her

"Tenho algo importante a dizer!"

"I've something important to say!"

Alice virou-se e voltou novamente

Alice turned and came back again

— Mantenha a calma — disse a lagarta

"Keep your temper," said the caterpillar

"Isso é tudo?", perguntou Alice

"Is that all?" said Alice

e ela engoliu sua raiva o melhor que pôde

and she swallowed her anger as well as she could

"Não", disse a lagarta

"No," said the caterpillar

A lagarta desdobrou os braços
the caterpillar unfolded its arms
e tirou o narguilé da boca novamente
and he took the hookah out of his mouth again
e ele disse: "Então você acha que está mudado, não é?"
and he said, "So you think you're changed, do you?"
"Tenho medo, estou mudada, senhor", disse Alice
"I'm afraid, I am changed, sir," said Alice
"Não me lembro das coisas como costumava lembrar-me delas"
"I can't remember things as I used to remember them"
"e eu não fico do mesmo tamanho por mais de dez minutos!"
"and I don't stay the same size for more than ten minutes!"
"Que tamanho você quer ter?", perguntou a lagarta
"What size do you want to be?" asked the caterpillar
"Oh, eu particularmente não me importo com o tamanho que eu sou", Alice respondeu apressadamente
"Oh, I don't particularly mind what size I am," Alice hastily replied
"Eu simplesmente não gosto de mudar de tamanho com tanta frequência, sabe"
"I just don't like changing size so often, you know"
"Gostaria de ser um pouco maior, senhor"
"I would like to be a little larger, sir"
"Se você não se importasse", acrescentou Alice
"if you wouldn't mind," added Alice
"dez centímetros é uma altura tão miserável"
"Ten centimetres is such a wretched height to be"
"É uma altura muito boa mesmo!", disse a lagarta irritada
"It is a very good height indeed!" said the caterpillar angrily
e ergueu-se ereto enquanto falava
and he reared itself upright as he spoke
ele tinha exatamente dez centímetros de altura
he was exactly ten centimetres high
Em um ou dois minutos, a lagarta desceu do cogumelo
In a minute or two, the caterpillar got down off the mushroom
e rastejou para a relva

and he crawled away into the grass
Quando foi embora, fez algumas pequenas observações
as he went away, he made some little remarks
"Um lado vai fazer você crescer mais alto"
"One side will make you grow taller"
"e o outro lado vai fazer você ficar mais curto"
"and the other side will make you grow shorter"
"Um lado de quê?", pensou Alice para si mesma
"One side of what?" thought Alice to herself
"O outro lado de quê?"
"The other side of what?"
— O lado do cogumelo — disse a lagarta
"the side of the mushroom," said the caterpillar
era como se ela tivesse feito a pergunta em voz alta
it was as if she had asked her question aloud
e em outro momento, ele estava fora de vista
and in another moment, he was out of sight
Alice ficou a olhar pensativa para o cogumelo
Alice remained looking thoughtfully at the mushroom
ela estava tentando descobrir quais eram os dois lados do cogumelo
she was trying to make out which were the two sides of the mushroom
Por fim, estendeu os braços em torno do cogumelo
At last she stretched her arms around the mushroom
e ela quebrou um pouco as arestas
and she broke off a bit of the edges
"E agora, de que lado é qual?", ela disse para si mesma
"And now, which side is which?" she said to herself
e ela mordiscou um pouco da mão direita
and she nibbled a little of the right-hand bit
No momento seguinte, sentiu um golpe violento debaixo do queixo
The next moment she felt a violent blow underneath her chin
o queixo tinha batido no pé!
her chin had struck her foot!
Ela ficou muito assustada com essa mudança muito

repentina
She was a good deal frightened by this very sudden change
Ela estava encolhendo muito rapidamente
she was shrinking very rapidly
então ela rapidamente comeu um pouco do outro pedaço de cogumelo
so she quickly ate some of the other bit of mushroom
O queixo foi pressionado muito contra o pé
Her chin was pressed very closely against her foot
mal havia espaço para abrir a boca
there was hardly room to open her mouth
mas ela finalmente conseguiu abrir a boca
but she did at last manage to open her mouth
e ela engoliu um pedaço da mão esquerda
and she swallowed a morsel of the left-hand bit
"Minha cabeça finalmente foi libertada!", disse Alice
"my head's been freed at last!" said Alice
Ela olhou para si mesma
she looked down at herself
mas tudo o que ela podia ver era um imenso comprimento de pescoço
but all she could see was an immense length of neck
seu pescoço parecia erguer-se como um talo
her neck seemed to rise like a stalk
e ela olhou para baixo sobre um mar de folhas verdes
and she looked down over a sea of green leaves
"Onde é que os meus ombros chegaram?"
"Where have my shoulders gotten to?"
"E oh, minhas pobres mãos, como é que eu não posso vê-lo?"
"And oh, my poor hands, how is it I can't see you?"
Mas seu pescoço tinha um benefício
but her neck did have one benefit
ela podia mover a cabeça em qualquer direção
she could move her head in any direction
na verdade, ela era como uma serpente
in fact, she was just like a serpent
Ela graciosamente ziguezagueou a cabeça para baixo

she gracefully zigzagged her head down
e ela moveu a cabeça através das árvores
and she moved her head through the trees
mas então ela ouviu um silvo agudo
but then she heard a sharp hiss
e ela rapidamente puxou a cabeça para trás
and she quickly pulled her head back
um pombo grande tinha voado em seu rosto
a large pigeon had flown into her face
e o pombo estava violentamente com as asas
and the pigeon was violently with its wings

"Serpente!", gritou o pombo
"Serpent!" cried the pigeon
"Eu não sou uma serpente!", disse Alice indignada
"I'm not a serpent!" said Alice indignantly
"Deixem-me em paz!"

"Leave me alone!"
"Já experimentei as raízes das árvores"
"I've tried the roots of trees"
"E eu tentei sebes", continuou o pombo
"and I've tried hedges," the pigeon went on
"Mas essas serpentes! Não há como agradá-los!"
"but those serpents! There's no pleasing them!"
Alice estava cada vez mais intrigada
Alice was more and more puzzled
**"Como se não fosse problema suficiente chocar os ovos",
disse o pombo**
"As if it wasn't trouble enough hatching the eggs," said the
pigeon
"De noite e de dia também tenho de cuidar das serpentes!"
"by night and day I must look out for serpents too!"
**"Eu tinha acabado de encontrar a árvore mais alta da
floresta"**
"I had just found the highest tree in the forest"
"certamente eu estaria livre de serpentes aqui?"
"surely I'd be free from serpents here?"
"E sai uma serpente do céu!"
"and out comes a serpent from the sky!"
"Mas eu não sou uma serpente, eu te digo!", disse Alice
"But I'm not a serpent, I tell you!" said Alice
**"Eu sou um... Eu sou um... Eu sou uma menina", acrescentou
com bastante dúvida**
"I'm a... I'm a... I'm a little girl," she added rather doubtfully
afinal, ela vinha passando por muitas mudanças
she had after all been going through a lot of changes
— Você está procurando ovos — disse o pombo
"You're looking for eggs," said the pigeon
"Eu sei disso por um fato"
"I know that for a fact"
"E o que importa se você é uma menina ou uma serpente?"
"and what does it matter if you're a little girl or a serpent?"
"É muito importante para mim", disse Alice apressadamente
"It matters a good deal to me," said Alice hastily

"mas não estou à procura de ovos, como acontece"
"but I'm not looking for eggs, as it happens"
"e eu não gostaria de seus ovos de qualquer maneira"
"and I wouldn't want your eggs anyway"
"Não gosto dos meus ovos crus"
"I don't like my eggs raw"
"Bem, desligue-se então!", disse o pombo em tom de mau humor
"Well, be off then!" said the pigeon in a sulky tone
e o pombo instalou-se novamente no seu ninho
and the pigeon settled down again into its nest
Alice agachou-se entre as árvores o melhor que pôde
Alice crouched down among the trees as well as she could
seu pescoço continuava se enroscando entre os galhos
her neck kept getting entangled among the branches
de vez em quando ela tinha que parar e destorcer o pescoço
every now and then she had to stop and untwist her neck
Depois de algum tempo, lembrou-se do cogumelo
After awhile she remembered the mushroom
ela ainda segurava os pedaços de cogumelo nas mãos
she still held the pieces of mushroom in her hands
e ela começou a trabalhar com muito cuidado
and she set to work very carefully
primeiro ela mordiscou um pedaço
first she nibbled at one piece
e então ela mordiscou o outro pedaço
and then she nibbled at the other piece
às vezes ela ficava mais alta
sometimes she grew taller
e às vezes ela ficava mais curta
and sometimes she grew shorter
mas finalmente ela alcançou sua altura habitual
but finally she achieved her usual height
ela não tinha sua própria altura há algum tempo
she hadn't been her own height for some time
então tudo parecia estranho por um tempo
so everything felt strange for a while

"A próxima coisa a fazer é entrar naquele belo jardim"
"The next thing to do is to get into that beautiful garden"
"Como é que isso vai ser feito, pergunto-me?"
"how is that to be done, I wonder?"
Ao dizer isso, deparou-se com um lugar aberto
As she said this, she came upon an open place
Havia uma casinha, um pouco mais alta do que um metro
there was a little house, a bit higher than a metre
"Pergunto-me quem vive nesta casinha"
"I wonder who lives in this little house"
"Eu certamente não posso entrar tão grande quanto eu sou"
"I certainly can't go in as big as I am"
"Eu os assustaria terrivelmente!"
"I would frighten them terribly!"
então ela mordiscou o pequeno cogumelo novamente
so she nibbled at the little mushroom again
e logo ela se abaixou trinta centímetros
and soon she brought herself down thirty centimetres

Um porco e um pouco de pimenta
A pig and some pepper

Por um minuto ou dois, ela ficou olhando para a casa
For a minute or two she stood looking at the house
De repente, um peão saiu correndo da floresta
suddenly a footman came running out of the woods
ele estava usando um uniforme de pintura especial
he was wearing a special livery uniform
A julgar apenas pelo seu rosto, ela tê-lo-ia chamado de peixe
judging by his face only, she would have called him a fish
e bateu alto na porta com os dedos
and he rapped loudly at the door with his knuckles
A porta foi aberta por outro peão
the door was opened by another footman
este peão também usava uma pintura especial
this footman too was wearing a special livery
**Este peão tinha um rosto redondo e olhos grandes como um
sapo**
this footman had a round face and large eyes like a frog

O peão que parecia um peixe iniciou a cerimónia
The footman that looked like a fish initiated the ceremony
Ele puxou algo debaixo do braço
he pulled out something from under his arm
e puxou de debaixo do braço um envelope
and he pulled out from under his arm an envelope
e este envelope ele entregou ao outro peão
and this envelope he handed over to the other footman
Num tom cerimonioso, disse-lhe as ordens
in a ceremonious tone he told him the orders
"Esta mensagem é para a Duquesa"
"This message is for the Duchess"
"Um convite da rainha para jogar croquet"
"An invitation from the queen to play croquet"
O peão que parecia um sapo repetiu a ordem
The footman that looked like a frog repeated the order
"Da Rainha"
"from the queen"
"um convite"
"an invitation"
"para a Duquesa"
"for the Duchess"
"Brincando de croquete"
"playing croquet"
Em seguida, ambos se curvaram
Then they both bowed low
e os cachos em suas perucas se enroscaram
and the curls in their wigs got entangled together
Logo o peão que parecia um peixe se foi
soon the footman that looked like a fish was gone
mas o peão que parecia um sapo ainda estava lá
but the footman that looked like a frog was still there
Ele estava sentado no chão perto da porta
he was sitting on the ground near the door
ele estava olhando estupidamente para o céu
he was staring stupidly up into the sky
Alice foi timidamente até a porta e bateu

Alice went timidly up to the door and knocked
"Não adianta bater", disse o peão
"There's no use in knocking," said the footman
"e isso por duas razões"
"and that is for two reasons"
"Primeiro, porque estou do mesmo lado da porta que você"
"First, because I'm on the same side of the door as you are"
"em segundo lugar, porque estão a fazer muito barulho lá dentro"
"secondly, because they're making so much noise inside"
"ninguém poderia ouvi-lo"
"no one could possibly hear you"
E certamente havia um barulho extraordinário acontecendo dentro
And there certainly was a most extraordinary noise going on within
um uivo e espirros constantes
a constant howling and sneezing
e de vez em quando um som de grande batida
and every now and then a sound of great crashing
como se um prato ou chaleira tivesse sido partido em pedaços
as if a dish or kettle had been broken to pieces
"Como é que eu vou entrar?", perguntou Alice
"How am I to get in?" asked Alice
"Você deveria entrar?", perguntou o peão
"Should you get in at all?" said the footman
"Essa é a primeira pergunta, você sabe"
"That's the first question, you know"
Alice abriu a porta e entrou
Alice opened the door and went in
A porta levava à direita para uma grande cozinha
The door led right into a large kitchen
a cozinha estava cheia de fumaça de uma ponta à outra
the kitchen was full of smoke from one end to the other
no meio da cozinha estava a Duquesa
in the middle of the kitchen was the Duchess

Ela estava sentada em um banquinho de três patas
she was sitting on a three-legged stool
e ela estava amamentando um bebê
and she was nursing a baby
O cozinheiro estava debruçado sobre o fogo
the cook was leaning over the fire
ele estava mexendo um grande caldeirão
he was stirring a large caldron
e o caldeirão parecia estar cheio de sopa
and the caldron seemed to be full of soup
"Certamente há muita pimenta nessa sopa!" Alice disse a si mesma
"There's certainly too much pepper in that soup!" Alice said to herself
Ela disse o melhor que pôde sem espirrar
she said it as best she could without sneezing
Até a duquesa espirrava ocasionalmente
Even the Duchess sneezed occasionally
Mas as ações do bebê foram as mais notáveis
but the baby's actions were the most noteworthy
O bebê espirrava e uivava alternadamente
the baby was sneezing and howling alternately
Não houve um momento de pausa entre uivar e espirrar
there was not a moment's pause between howling and sneezing
Havia duas criaturas na cozinha que não espirravam
There were two creatures in the kitchen that did not sneeze
O cozinheiro estava muito ocupado para espirrar
the cook was too busy to sneeze
e o gato grande parecia não se importar com a pimenta
and the large cat did not seem to mind the pepper
Em vez disso, o grande gato sorria de orelha a orelha
instead, the large cat was grinning from ear to ear
— Por favor, você me diga — disse Alice, um pouco timidamente
"Please would you tell me," said Alice, a little timidly
"Por que seu gato está sorrindo assim?"

"why is your cat grinning like that?"
"É um Cheshire-Cat", disse a duquesa
"It's a Cheshire-Cat," said the Duchess
"E é por isso que ele está sorrindo de orelha a orelha"
"and that's why he's grinning from ear to ear"
"Eu não sabia que um gato de Cheshire sempre sorria"
"I didn't know that a Cheshire-Cat always grinned"
"Na verdade, eu não sabia que os gatos podiam sorrir", disse Alice
"in fact, I didn't know that cats could grin," said Alice
"Há muita coisa que você não sabe", disse a duquesa
"there is much you don't know," said the Duchess
"há muita coisa que você não sabe e isso é um fato"
"there is much you don't know and that's a fact"
Nesse momento, o cozinheiro tirou o caldeirão de sopa do fogo
Just then the cook took the caldron of soup off the fire
e imediatamente ela começou a jogar tudo ao seu alcance
and at once she started throwing everything within her reach
ela jogou tudo o que podia na Duquesa e no bebê
she threw everything she could at the Duchess and the babe
Primeiro ela jogou os ferros de fogo
first she threw the fire-irons
Em seguida, ela jogou um punhado de panelas
then she threw a handful of saucepans
e finalmente ela jogou os pratos e pratos
and finally she threw the plates and dishes
A duquesa não tomou conhecimento dela
The Duchess took no notice of her
Mesmo quando foi atingida por um prato, não se preocupou
even when she was hit by a plate she did not worry
O bebê já estava uivando tanto
the baby was already howling so much
por isso, era impossível dizer se os golpes machucaram o bebê ou não
so it was impossible to say whether the blows hurt the baby or not

"Oh, por favor, lembre-se do que você está fazendo!", gritou Alice
"Oh, please mind what you're doing!" cried Alice
e saltou para cima e para baixo numa agonia de terror
and she jumped up and down in an agony of terror
a Duquesa ofereceu a Alice o bebé
the Duchess offered Alice the baby
"Aqui! Você pode amamentar um pouco o bebê, se quiser!"
"Here! You may nurse the baby a bit, if you like!"
e ela jogou o bebê nela enquanto falava
and she flung the baby at her as she spoke
"Tenho de ir preparar-me para jogar croquete com a rainha"
"I must go and get ready to play croquet with the queen"
e ela saiu apressada da sala
and she hurried out of the room
Alice apanhou o bebé com alguma dificuldade
Alice caught the baby with some difficulty
porque era uma criaturinha de forma muito estranha
because it was a very odd-shaped little creature
e o bebê estendeu os braços e as pernas em todas as direções
and the baby held out its arms and legs in all directions
"É melhor eu levar essa criança comigo", pensou Alice
"I better take this child away with me," thought Alice
"Eles certamente matarão esse bebê em um ou dois dias"
"they're sure to kill this baby in a day or two"
"Não seria assassinato deixar esse bebê para trás?"
"Wouldn't it be murder to leave this baby behind?"
Ela disse as últimas palavras em voz alta
She said the last words out loud
e a coisinha grunhiu em resposta
and the little thing grunted in reply
"É melhor você não virar porco, minha querida", disse Alice
"you best not turn into a pig, my dear," said Alice
"ou então não terei mais nada a ver contigo"
"or else I'll have nothing more to do with you"
Alice estava apenas começando a pensar consigo mesma:
Alice was just beginning to think to herself:

"Agora, o que devo fazer com esta criatura, quando a levar
para casa?"
"Now, what am I to do with this creature, when I get it home?"
mas então a pequena criatura grunhiu um pouco
violentamente
but then the little creature grunted a little violently
e Alice olhou para o seu rosto com algum alarme
and Alice looked down into its face in some alarm
Desta vez, não poderia haver erro sobre isso
This time there could be no mistake about it
não era nem mais nem menos do que um porco
it was neither more nor less than a pig
então ela colocou a pequena criatura para baixo
so she set the little creature down
e a pequena criatura trote silenciosamente na madeira
and the little creature trot away quietly into the wood
Alice sentiu-se bastante aliviada ao ver a criatura partir.
Alice felt quite relieved to see the creature go
Alice ficou um pouco assustada ao ver o Cheshire-Cat
Alice was a little startled by seeing the Cheshire-Cat
Ele estava sentado em um ramo de uma árvore a poucos
metros de distância
it was sitting on a bough of a tree a few yards off
O gato só sorriu quando a viu
The cat only grinned when it saw her
"Cheshire-cat", começou Alice, bastante timidamente
"Cheshire-cat," began Alice, rather timidly
"Por favor, você me diria que caminho eu deveria seguir a
partir daqui?"
"would you please tell me which way I ought to go from
here?"
"Nessa direção", disse o gato
"In that direction," the cat said
e acenou com a pata direita
and it waved the right paw around
"Nesse sentido vive um fabricante de chapéus"
"In that direction lives a maker of hats"

e então o gato acenou com a outra pata
and then the cat waved its other paw
"e nessa direção vive uma lebre de março"
"and in that direction lives a march hare"
"Visite o que quiser; ambos estão loucos"
"Visit either you like; they're both mad"
"Mas eu não quero ir entre loucos", comentou Alice
"But I don't want to go among mad people," Alice remarked
"Ah, você não pode evitar isso", disse o Gato
"Oh, you can't help that," said the Cat
"Estamos todos loucos aqui"
"we're all mad here"
"Você está jogando croquete com a rainha hoje?"
"are you playing croquet with the queen today?"
"Eu gostaria muito", disse Alice
"I would like to very much," said Alice
"mas ainda não fui convidado"
"but I haven't been invited yet"
— Você vai me ver lá — disse o Gato
"You'll see me there," said the Cat
e de um momento para o outro o gato desapareceu
and from one moment to the next the cat vanished
logo Alice avistou a casa da lebre marcha
soon Alice got in sight of the house of the march hare
Esta era uma casa muito grande
this was a very large house
então Alice não queria ir perto da casa
so Alice did not want to go near the house
primeiro ela teve que mordiscar mais um pouco do lado
esquerdo do cogumelo
first she had to nibble some more of the left side bit of
mushroom

uma festa de chá louca

a mad tea-party

Na frente da casa havia uma árvore

In front of the house there was a tree

e debaixo da árvore havia uma mesa

and under the tree there was a table

e a mesa estava posta com todos os tipos de talheres

and the table was set with all sorts of cutlery

a lebre de marcha e o fabricante de chapéus estavam à mesa

the march hare and the hat maker were at the table

e juntos tomavam chá

and together they were having tea

um dorrato estava sentado entre eles

a dormouse was sitting between them

e o dorrato estava dormindo rápido

and the dormouse was fast asleep

A mesa era de tamanho extraordinário

The table was of extraordinary size

mas a maior parte da mesa estava desocupada

but most of the table was unoccupied

sentaram-se amontoados num canto da mesa

they sat crowded together at one corner of the table

e, no entanto, arranjaram desculpas quando viram Alice

and yet they made excuses when they saw Alice

"Sem espaço! Sem espaço!", gritaram

"No room! No room!" they cried out

"Há muito espaço!", disse Alice indignada

"There's plenty of room!" said Alice indignantly

Em uma extremidade da mesa havia uma grande poltrona

at one end of the table there was a large arm-chair

e Alice sentou-se na poltrona

and Alice sat herself in the armchair

O fabricante de chapéus abriu bem os olhos

the hat maker opened his eyes very wide

ele não conseguia acreditar no que estava vendo

he couldn't believe what he was seeing

mas sua mente estava curiosa sobre outras coisas

but his mind was curious about other things
"Por que um corvo é como uma escrivaninha?"
"Why is a raven like a writing-desk?"
Alice estava aberta ao desafio
Alice was open to the challenge
"Ainda bem que começaram a perguntar enigmas"
"I'm glad they've begun asking riddles"
"Acredito que posso adivinhar isso", acrescentou em voz alta
"I believe I can guess that," she added aloud
A lebre da marcha ficou curiosa sobre Alice
The march hare grew curious about Alice
"Você realmente acha que pode encontrar a resposta?"
"Do you really think you can find the answer?"
"Acho que posso encontrar a resposta de fato", disse Alice
"I think I can find the answer indeed," said Alice
"Então você deve dizer o que quer dizer", continuou a lebre da marcha
"Then you should say what you mean," the march hare went on
"Eu digo o que quero dizer", respondeu Alice apressadamente
"I do say what I mean," Alice hastily replied
"no mínimo, quero dizer o que digo"
"at the very least I mean what I say"
"É a mesma coisa, sabe"
"that's the same thing, you know"
O Dormouse também contribuiu para a conversa
the dormouse also contributed to the conversation
Mas o dorrato parecia estar falando durante o sono
but the dormouse seemed to be talking in its sleep
"Respiro quando durmo"
"I breathe when I sleep"
"Durmo quando respiro!"
"I sleep when I breathe!"
"você pode muito bem dizer que eles são os mesmos também"
"you might as well say they are the same too"

— É a mesma coisa com você — disse o fabricante de chapéus
"It is the same thing with you," said the hat maker
e derramou um pouco de chá no nariz do dorrato
and he poured a little tea on the dormouse's nose
O Dormouse balançou a cabeça impacientemente
The Dormouse shook its head impatiently
e novamente o dorrato falou, sem abrir os olhos
and again the dormouse spoke, without opening its eyes
"Claro que é a mesma coisa"
"Of course, of course it is the same"
"era só isso que eu ia dizer"
"that's just what I was going to say myself"

O fabricante de chapéus virou-se para Alice e fez outra pergunta
The hat maker turned to Alice and asked another question
"Já adivinhou o enigma?"
"Have you guessed the riddle yet?"
"Não, eu desisto", admitiu Alice

"No, I give up," Alice conceded
"Qual é a resposta?", ela queria saber
"What's the answer?" she wanted to know
"Não tenho a menor ideia", disse o fabricante de chapéus
"I haven't the slightest idea," said the hat maker
— Nem sei — disse a lebre da marcha
"Nor do I know," said the march hare
Alice deu um suspiro cansado
Alice gave a weary sigh
"Há melhores usos do tempo do que enigmas sem respostas"
"there are better uses of time than riddles without answers"
— Tome mais um chá — disse a lebre de marcha a Alice, com muita seriedade
"have some more tea," the march hare said to Alice, very earnestly
Alice ficou bastante ofendida com a oferta
Alice was quite offended by the offer
"Ainda não tomei chá", respondeu Alice
"I've had not had tea yet," Alice replied
"por isso não posso tomar mais chá"
"therefore I can't have any more tea"
"Quer dizer que não pode tomar menos chá", disse o fabricante de chapéus
"You mean you can't have less tea," said the hat maker
"É muito fácil levar mais do que nada"
"it's very easy to take more than nothing"
Nisto, Alice levantou-se e saiu
At this, Alice got up and walked off
O dorrato adormeceu instantaneamente
The dormouse fell asleep instantly
e nenhum dos outros prestou a mínima atenção à sua ida
and neither of the others took the least notice of her going
embora ela olhasse para trás uma ou duas vezes
though she looked back once or twice
eles estavam tentando colocar o dorrato no bule de chá
they were trying to put the dormouse into the tea-pot
"De qualquer forma, nunca mais irei lá!", disse Alice

"At any rate, I'll never go there again!" said Alice
e ela caminhou através da floresta
and she walked her way through the woods
"essa foi a festa de chá mais estúpida que eu já estive"
"that was the stupidest tea-party I've ever been to"
Assim que ela disse isso, ela notou algo
Just as she said this, she noticed something
uma das árvores tinha uma porta que dava para dentro dela
one of the trees had a door leading right into it
"Isso é muito interessante!", pensou
"That's very interesting!" she thought
"Acho que posso muito bem passar pela porta"
"I think I may as well go through the door"
E pela porta ela foi
And through the door she went
Mais uma vez ela se viu no longo salão
Once more she found herself in the long hall
novamente ela estava perto da pequena mesa de vidro
again she was close to the little glass table
ela pegou a pequena chave de ouro
she took the little golden key
e destrancou a porta que dava para o jardim
and she unlocked the door that led into the garden
Então ela começou a trabalhar mordiscando o cogumelo
Then she set to work nibbling at the mushroom
Ela tinha guardado um pedaço do cogumelo no bolso
she had kept a piece of the mushroom in her pocket
e, finalmente, ela tinha cerca de um metro de altura
and finally she was about a metre tall
Em seguida, ela caminhou pelo pequeno corredor
then she walked down the little corridor
e então ela finalmente se encontrou no belo jardim
and then she finally found herself in the beautiful garden
e ela estava entre a flor brilhante e as fontes frescas
and she was among the bright flower and the cool fountains

O chão de croquete da rainha
The queen's croquet ground
Uma grande roseira estava perto da entrada do jardim
A large rose-tree stood near the entrance of the garden
as rosas que cresciam na árvore eram brancas
the roses growing on the tree were white
mas havia três jardineiros pintando a rosa
but there were three gardeners painting the rose
eles estavam ocupados pintando as rosas de vermelho
they were busily painting the roses red
e Alice estava a vê-los pintar as rosas de vermelho
and Alice was watching them paint the roses red
e, de repente, os olhos caíram sobre Alice
and suddenly their eyes chanced to fall upon Alice
Alice falou um pouco timidamente
Alice spoke a little timidly
"Você me diria, por favor";
"Would you tell me, please;"
"Por que vocês estão pintando essas rosas?"
"why are you all painting those roses?"
cinco e sete não disseram nada, mas olharam para dois
five and seven said nothing, but looked at two
dois falaram, em voz baixa
two spoke, in a low voice
"Ora, o fato é que você vê, senhora"
"Why, the fact is, you see, madam"
"isto aqui devia ter sido uma roseira vermelha"
"this here ought to have been a red rose-tree"
"e colocamos uma roseira branca por engano"
"and we put a white rose-tree in by mistake"
"Como você concordaria, a rainha não deve descobrir"
"as you would agree, the queen must not find out"
"Caso contrário, teríamos todos a cabeça cortada"
"else we would all have our heads cut off"
"Então veja, senhora, estamos fazendo o nosso melhor"
"So you see, madam, we're doing our best"
Card Five olhava ansiosamente para o outro lado do jardim

card five had been anxiously looking across the garden
Neste momento, o cartão cinco gritou: "A rainha! A rainha!"
At this moment card five called out, "The queen! The queen!"
e os três jardineiros fugiram instantaneamente
and the three gardeners instantly scurried away
e atiraram-se de bruços sobre os seus rostos
and they threw themselves flat upon their faces
Houve um som de muitos passos
There was a sound of many footsteps
Alice olhou ao redor, ansiosa para ver a rainha
Alice looked around, eager to see the queen
No início da procissão estavam dez soldados
At the start of the procession were ten soldiers
suas mãos e pés estavam nos cantos
their hands and feet were in the corners
e nas suas mãos e pés havia paus
and in their hands and feet were clubs
Em seguida, vieram os dez cortesãos
next came the ten courtiers
os cortesãos foram ornamentados com diamantes
the courtiers were ornamented all over with diamonds
Depois dos cortesãos vieram as crianças reais
After the courtiers came the royal children
Havia dez dos filhos reais
there were ten of the royal children
e todas as crianças reais foram ornamentadas com corações
and all the royal children were ornamented with hearts
Em seguida, vieram os convidados; principalmente reis e rainhas
Next came the guests; mostly kings and queens
e entre os reis e a rainha Alice viu alguém
and among the kings and queen Alice saw someone
Voltou a ver o coelho branco que perseguira
she saw again the white rabbit she had chased
Seguiu-se o cortejo de corações
The procession was followed the knave of hearts
carregava a coroa do rei

he was carrying the king's crown
e a coroa do rei estava sobre uma almofada de veludo carmesim
and the king's crown was on a crimson velvet cushion
e então chegou o fim desta grande procissão
and then came the end of this grand procession
e lá no final estavam o rei e a rainha de copas
and there at the end were the king and queen of hearts
a procissão veio em frente a Alice
the procession came opposite to Alice
e todos pararam e olharam para ela
and they all stopped and looked at her
e a rainha disse severamente: "Quem é este?"
and the queen said severely, "Who is this?"
Ela disse isso ao Valete de Copas
She said it to the Knave of Hearts
mas ele apenas se curvou e sorriu em resposta
but he just bowed and smiled in reply
Alice falou muito educadamente
Alice spoke very politely
"Meu nome é Alice, então por favor sua majestade"
"My name is Alice, so please your majesty"
mas ela tinha outros pensamentos para si mesma
but she had other thoughts to herself
"Afinal, são apenas um pacote de cartas!"
"they're only a pack of cards, after all!"
"Você pode jogar croquet?", gritou a rainha
"Can you play croquet?" shouted the queen
A pergunta era evidentemente destinada a Alice
The question was evidently meant for Alice
"Sim!", disse Alice em voz alta
"Yes!" said Alice loudly
"Vem brincar então!", esbravejou a rainha
"Come play then!" roared the queen
uma voz tímida falou com Alice
a timid voice spoke to Alice
"É um dia muito bom!"

"it's a very fine day!"
Ela estava andando pelo coelho branco
She was walking by the white rabbit
e o Coelho Branco espiava ansiosamente em seu rosto
and the White Rabbit was peeping anxiously into her face
"Um dia muito bom mesmo", confirmou Alice
"a very fine day indeed," confirmed Alice
"Onde está a duquesa?"
"Where's the duchess?"
"Hush! Hush!", disse o Coelho
"Hush! Hush!" said the Rabbit
"Ela está sob pena de execução"
"She's under sentence of execution"
"Para que ela está sendo executada?", perguntou Alice
"What is she being executed for?" asked Alice
"Ela arrancou as orelhas da rainha", começou o coelho
"She scuffed the queen's ears," the rabbit began
gritou a rainha em voz de trovão
the queen shouted in a voice of thunder
"Chegue aos seus lugares!"
"Get to your places!"
e as pessoas começaram a correr em todas as direções
and people began running about in all directions
e todos eles se enfrentaram
and they all tumbled up against each other
No entanto, eles se acomodaram em um ou dois minutos
However, they got settled down in a minute or two
e então o jogo começou
and then the game began
Alice nunca tinha visto um croquete tão curioso
Alice had never seen such a curious croquet ground
a grama era toda de sulcos e sulcos
the grass was all ridges and furrows
As bolas de croquete eram verdadeiros ouriços
The croquet balls were real hedgehogs
e os martelos eram verdadeiros flamingos
and the mallets were real flamingos

e os soldados ficaram de pé e mãos
and the soldiers stood on their hands and feet
porque os arcos eram feitos a partir dos seus corpos
because the arches was made from their bodies
Os jogadores jogaram todos ao mesmo tempo
The players all played at once
ninguém esperou pela sua vez
nobody waited for their turns
e todos brigavam com todos
and everyone quarrelled with everyone
e todos lutavam pelos ouriços
and all were fighting for the hedgehogs
Logo a rainha estava em uma paixão furiosa
soon the queen was in a furious passion
e ela começou a carimbar e gritar
and she started stamping about and shouting
"Pique a cabeça dele!"
"Chop off his head!"
"Corte a cabeça dela!"
"Chop off her head!"
"Pique todas as cabeças!"
"Chop all their heads off!"
Mais uma vez Alice pensou consigo mesma
Again Alice thought to herself
"Eles gostam muito de decapitar pessoas aqui"
"They're dreadfully fond of beheading people here"
"A grande maravilha é que ainda há alguém vivo!"
"the great wonder is that there's anyone left alive!"
Ela estava procurando alguma maneira de escapar
She was looking about for some way of escape
Ela notou uma aparência curiosa no ar
she noticed a curious appearance in the air
"É o gato Cheshire", disse ela a si mesma
"It's the Cheshire-cat," she said to herself
"agora vou ter alguém com quem falar"
"now I shall have somebody to talk to"
"Como você está se saindo?", disse o gato

"How are you getting on?" said the cat
"Acho que eles não jogam de forma justa", disse Alice
"I don't think they play at all fairly," Alice said
e ela tinha um tom bastante reclamante
and she had a rather complaining tone
"todos eles brigam tão terrivelmente"
"they all quarrel so dreadfully"
"Não se ouve falar"
"one can't hear oneself speak"
"e eles não parecem jogar de acordo com nenhuma regra"
"and they don't seem to play by any rules"
o gato fez uma pergunta a Alice em voz baixa
the cat asked Alice a question in a low voice
"Como você gosta da rainha?"
"How do you like the queen?"
"Eu não gosto nada dela", disse Alice
"I don't like her at all," said Alice

Alice pensou que poderia muito bem voltar
Alice thought she might as well go back
ela queria ver como estava o jogo
she wanted to see how the game was going
Ela saiu em busca de seu ouriço
she went off in search of her hedgehog
O ouriço estava ocupado lutando contra outro ouriço
The hedgehog was busy fighting another hedgehog
Esta foi uma excelente oportunidade
this was an excellent opportunity
ela podia croquetar um ouriço com o outro
she could croquet one hedgehog with the other
mas seu flamingo estava do outro lado do jardim
but her flamingo was on the other side of the garden
o flamingo era bastante desajeitado
the flamingo was rather clumsy
seu flamingo estava tentando voar para cima de uma árvore
her flamingo was trying to fly up into a tree
Ela pegou o flamingo pela perna
She caught the flamingo by the leg
e ela enfiou o flamingo debaixo do braço
and she tucked the flamingo away under her arm
Dessa forma, o flamingo não conseguia escapar novamente
that way the flamingo couldn't escape again
Nesse momento, Alice conheceu a duquesa
Just then Alice happened to meet the duchess
A duquesa estava agora fora da prisão
The duchess was now out of prison
Ela enfiou o braço carinhosamente debaixo do braço de Alice
She tucked her arm affectionately under Alice's arm
e então eles saíram juntos
and then they walked off together
**Alice ficou muito feliz por encontrá-la em um temperamento
tão agradável**
Alice was very glad to find her in such a pleasant temper
No entanto, ela ficou um pouco assustada
She was a little startled, however

Ela ouviu a voz da Duquesa perto de seu ouvido
she heard the voice of the duchess close to her ear
"Você está pensando em alguma coisa, meu caro"
"You're thinking about something, my dear"
"e isso faz esquecer de falar"
"and that makes you forget to talk"
"O jogo está indo muito melhor agora", disse Alice
"The game's going on rather better now," Alice said
era uma forma de manter a conversa
it was one way of keeping the conversation going
"É assim mesmo", disse a duquesa
"it is so indeed," said the duchess
"E a moral disso é esta:"
"and the moral of that is this:"
"É o amor que faz tudo!"
"It is love that does it all!"
"O amor é o que faz o mundo girar"
"Love is what makes the world go around"
Alice tinha outra explicação
Alice had another explanation
"É feito por cada um cuidando do seu próprio negócio!"
"it's done by everybody minding his own business!"
"Ah, bem! Você pode estar certo"
"Ah, well! You could be right"
"Tudo significa a mesma coisa", disse a duquesa
"It all means much the same thing," said the Duchess
e ela enfiou o queixo afiado no ombro de Alice
and she dug her sharp little chin into Alice's shoulder
"e a moral disso é essa"
"and the moral of that is this"
"Cuide do sentido"
"Take care of the sense"
"e então os sons vão cuidar de si mesmos"
"and then the sounds will take care of themselves"
Mas então o braço da duquesa começou a tremer
but then the duchess's arm began to tremble
Alice olhou para cima e lá estava a rainha

Alice looked up and there stood the queen
A rainha estava de braços cruzados
the queen had her arms folded
e ela franzia a testa como uma tempestade!
and she was frowning like a thunderstorm!
"Dou-lhe um aviso justo", gritou a rainha
"I give you fair warning," shouted the queen
e ela pisou no chão enquanto falava
and she stomped on the ground as she spoke
"Ou a cabeça ou a cabeça dela devem estar apagadas"
"either your head or her head must be off"
"Faça a sua escolha!"
"Take your choice!"
"e seja rápido sobre isso"
"and be quick about it"
A duquesa fez a sua escolha
The duchess made her choice
e em um momento a duquesa se foi
and within a moment the duchess was gone
Em seguida, a rainha falou com Alice
Then the queen spoke to Alice
"Vamos continuar com o jogo"
"Let's go on with the game"
Alice estava muito assustada para dizer uma palavra
Alice was too frightened to say a word
e ela lentamente a seguiu de volta para o chão de croquete
and she slowly followed her back to the croquet-ground
O tempo todo a rainha brigou com os outros jogadores
the whole time the queen quarrelled with the other players
"Pique a cabeça dele!"
"Chop off his head!"
"Corte a cabeça dela!"
"Chop off her head!"
"Pique todas as cabeças!"
"Chop all their heads off!"
Logo todos os jogadores estavam sob custódia
soon all the players were in custody

apenas o rei, a rainha e Alice permaneceram
only the king, the queen, and Alice remained
Então a rainha foi embora, sem fôlego
Then the queen left, quite out of breath
e ela foi embora com Alice
and she walked away with Alice
Alice ouviu o rei dizer baixinho alguma coisa
Alice heard the king quietly say something
"Vocês estão todos perdoados"
"You are all pardoned"
mas, de repente, ouviu-se outro grito
but suddenly there was another cry heard
"O julgamento está a começar!"
"The trial is beginning!"
e Alice correu junto com os outros
and Alice ran along with the others

quem roubou as tortas?
who stole the tarts?

O rei e a rainha de corações estavam sentados
The king and queen of hearts were seated
eles estavam em seu trono quando Alice chegou
they were on their throne when Alice arrived
havia uma grande multidão reunida em torno deles
there was a great crowd assembled around them
Havia todos os tipos de passarinhos e bestas
there were all sorts of little birds and beasts
e havia todo o pacote de cartas
and there was the whole pack of cards
o valete estava parado à sua frente, acorrentado
the knave was standing in front of them, in chains
e havia um soldado de cada lado para protegê-lo
and there was a soldier on each side to guard him
perto do rei estava o coelho branco
near the King was the white rabbit
tinha uma trombeta numa das mãos
he had a trumpet in one hand
e tinha um pergaminho na outra mão
and he had a scroll of parchment in the other hand
No meio da quadra havia uma mesa
In the very middle of the court was a table
sobre a mesa havia um grande prato de tortas
on the table was a large dish of tarts
"Eu gostaria que eles fizessem o julgamento", pensou Alice
"I wish they'd get the trial done," Alice thought
"Então poderíamos comer alguns desses refrescos!"
"then we could eat some of those refreshments!"

O juiz, aliás, era o rei
The judge, by the way, was the king
e usava a coroa sobre a sua grande peruca
and he wore his crown over his great wig
"Essa é a caixa do júri", pensou Alice
"That's the jury-box," thought Alice
"e essas doze criaturas, suponho que sejam os jurados"
"and those twelve creatures, I suppose they are the jurors"
alguns eram animais e outros eram pássaros
some were animals, and some were birds
Nesse momento, o coelho branco gritou
Just then the white rabbit cried out
"Silêncio no tribunal!"
"Silence in the court!"
"Arauto, leia a acusação!", disse o rei
"Herald, read the accusation!" said the king
O coelho branco soou três explosões na trombeta
the white rabbit blew three blasts on the trumpet
depois desenrolou o pergaminho-pergaminho
then he unrolled the parchment-scroll
e leu o seguinte:
and he read as follows:

"A rainha de corações, ela fez umas tortas"
"The queen of hearts, she made some tarts,"
"Tudo isto ela fez num dia de verão"
"All this she did on a summer day"
"A nave dos corações, roubou aquelas tortas"
"The knave of hearts, he stole those tarts"
"E ele levou aquelas tortas para longe!"
"And he took those tarts far away!"
— Chame a primeira testemunha — disse o rei
"Call the first witness," said the king
e o coelho branco soou três explosões na trombeta
and the white rabbit blew three blasts on the trumpet
"Traga a primeira testemunha!", gritou
"bring the first witness!" he called out
A primeira testemunha foi o fabricante de chapéus
The first witness was the hat maker
Ele entrou com uma xícara de chá em uma das mãos
he came in with a teacup in one hand
e tinha um pedaço de pão com manteiga na outra mão
and he had a piece of bread and butter in the other hand
— Você deveria ter terminado — disse o rei
"You ought to have finished," said the King
"Quando você começou?"
"When did you begin?"
O fabricante de chapéus olhou para a lebre de marcha
The hat maker looked at the march hare
a lebre de marcha o seguira até a corte
the march hare had followed him into the court
Ele tinha andado de braços dados com o dorrato
he had walked arm in arm with the dormouse
"Décimo quarto de março, acho que foi", disse ele
"Fourteenth of March, I think it was," he said
— Dê suas provas — disse o rei
"Give your evidence," said the king
"e não fique nervoso, ou eu vou mandar executá-lo na hora"
"and don't be nervous, or I'll have you executed on the spot"
Isso não parecia encorajar a testemunha

This did not seem to encourage the witness at all
ele continuou mudando de um pé para o outro
he kept shifting from one foot to the other
e olhou inquieto para a rainha
and he looked uneasily at the queen
e, em sua confusão, ele mordeu um grande pedaço de sua xícara de chá
and, in his confusion, he bit a large piece out of his teacup
realmente ele queria morder seu pão com manteiga
really he meant to bite from his bread and butter
Neste momento Alice sentiu uma sensação muito curiosa
Just at this moment Alice felt a very curious sensation
ela estava começando a crescer novamente
she was beginning to grow larger again
O miserável fabricante de chapéus deixou cair a sua chávena de chá
The miserable hat maker dropped his teacup
e o pão e a manteiga caíram por terra
and the bread and butter fell to the ground
e ele desceu de joelhos
and he went down on one knee
"Sou um pobre homem, vossa majestade", começou
"I'm a poor man, your majesty," he began
— Você é um orador muito pobre — disse o rei
"You're a very poor speaker," said the king
— Pode ir — disse o rei
"You may go," said the king
e o fabricante de chapéus saiu apressado do tribunal
and the hat maker hurriedly left the court
"Chame a próxima testemunha!", disse o rei
"Call the next witness!" said the king
A próxima testemunha foi a cozinheira da duquesa
The next witness was the duchess's cook
Ela carregava a caixa de pimenta na mão
She carried the pepper-box in her hand
e as pessoas perto da porta começaram a espirrar de uma só vez

and the people near the door began sneezing all at once
— **Dê suas provas — disse o rei**
"Give your evidence," said the king
"Não vou dar provas", disse o cozinheiro
"I shall give no evidence," said the cook
O rei olhou ansioso para o coelho branco
The king looked anxiously at the white rabbit
e o coelho branco falou em voz baixa
and the white rabbit spoke in a quiet voice
"Vossa Majestade deve interrogar esta testemunha"
"your majesty must cross-examine this witness"
"Bem, se eu preciso, eu devo", disse o rei
"Well, if I must, I must," the king said
"De que são feitas as tortas?"
"What are tarts made of?"
"As tortas são feitas de pimenta, principalmente", disse o cozinheiro
"tarts are made of pepper, mostly," said the cook
Durante alguns minutos, toda a quadra ficou confusa
For some minutes the whole court was in confusion
eventualmente, todos eles se estabeleceram novamente
eventually they all settled down again
mas nessa altura o cozinheiro já tinha desaparecido
but by then the cook had disappeared
"Não importa!", disse o rei
"Never mind!" said the king
"Chame para a tribuna a próxima testemunha"
"call to the stand the next witness"
Alice observou o coelho branco enquanto ele se atrapalhava com a lista
Alice watched the white rabbit as he fumbled over the list
você pode imaginar sua surpresa com o que ela ouviu a seguir
you can imagine her surprise at what she heard next
no alto de sua vozinha estridente, ele chamou o nome de "Alice!"
at the top of his shrill little voice, he called the name "Alice!"

Provas de Alice
Alice's evidence

"Aqui!", gritou Alice
"Here!" cried Alice
Ela saltou com muita pressa
She jumped up in a great hurry
e ela tombou sobre a caixa do júri
and she tipped over the jury-box
e derrubou todos os jurados
and she knocked over all the jurymen
e caíram sobre as cabeças da multidão abaixo
and they fell on to the heads of the crowd below
Alice estava muito consternada
Alice was in great dismay
"Oh, peço perdão!", exclamou
"Oh, I beg your pardon!" she exclaimed
"O julgamento não pode prosseguir", disse o rei
"The trial cannot proceed," said the king
"Os jurados devem voltar aos seus devidos lugares"
"the jurymen must get back in their proper places"
repetiu a ordem com grande ênfase
he repeated the order with great emphasis
e olhou para Alice com severidade
and he looked at Alice sternly
"O que sabes sobre estes acontecimentos?", perguntou o rei a Alice
"What do you know about these events?" the king asked Alice
"Não sei nada sobre o assunto", disse Alice
"I know nothing on the subject," said Alice
O rei então leu de seu livro
The king then read from his book
"Regra quarenta e duas"
"Rule forty two"
"Todas as pessoas com mais de um quilómetro de altura devem abandonar o tribunal"
"All persons more than a mile high are to leave the court"
"Eu não tenho um quilômetro de altura", disse Alice

"I'm not a mile high," said Alice
"Quase dois quilômetros de altura", disse a rainha
"Nearly two miles high," said the Queen

— **Bem, eu me recuso a ir — disse Alice**
"Well, I refuse to go," said Alice
O rei ficou pálido
The king turned pale
e fechou apressadamente o caderno de notas
and he shut his note-book hastily
"Considere seu veredicto", disse ele ao júri
"Consider your verdict," he said to the jury
Ele falou com uma voz baixa e trêmula
he spoke in a low, trembling voice
Então o coelho branco falou
then the white rabbit spoke
"Ainda há mais evidências por vir"
"There's more evidence to come yet"
e saltou com muita pressa
and he jumped up in a great hurry

"Este artigo acaba de ser retirado"
"This paper has just been picked up"
"Parece ser uma carta escrita pelo prisioneiro"
"It seems to be a letter written by the prisoner"
Ele desdobrou o papel enquanto falava
He unfolded the paper as he spoke
"Afinal, não é uma carta"
"It isn't a letter, after all"
"o que era era um conjunto de versos"
"what it was was a set of verses"
— Por favor, sua majestade — disse o knave
"Please, your majesty," said the knave
"Eu não escrevi esses versos"
"I didn't write those verses"
"e eles não podem provar que eu escrevi nada"
"and they can't prove that I wrote anything"
"Não há nome assinado no final"
"there's no name signed at the end"
O rei falou ao Valete
the king spoke to the knave
"Você deve ter tido a intenção de causar alguma travessura"
"You must have meant to cause some mischief"
**"caso contrário, você teria assinado seu nome como um
homem honesto"**
"else you'd have signed your name like an honest man"
Houve um aplauso geral
There was a general clapping of hands
e o rei voltou-se para o coelho branco
and the king turned to the white rabbit
"Leia os versos", ordenou
"Read the verses," he ordered
Houve silêncio morto no tribunal
There was dead silence in the court
e o coelho branco leu os versos
and the white rabbit read out the verses
Disseram-me que tinha estado com ela
They told me you had been to her

E eles me mencionaram a ele
And they mentioned me to him
Ela me deu um bom caráter
She gave me a good character
Mas ela disse que eu não sabia nadar
But she said I could not swim
Mandou-lhes a notícia de que eu não tinha ido
He sent them word I had not gone
Sabemos que é verdade
We know it to be true
Se ela insistisse no assunto, o que seria de você?
If she should push the matter on, what would become of you?
Dei-lhe um, deram-lhe dois
I gave her one, they gave him two
Deu-nos três ou mais
You gave us three or more
Todos eles voltaram dele para você
They all returned from him to you
embora fossem meus antes
although they were mine before
Se eu ou ela tiver a chance de ser
If I or she should chance to be
Se eu ou ela estivesse envolvido neste caso
If I or she were involved in this affair
Ele confia em você para libertá-los
He trusts to you to set them free
Exatamente como nós éramos
Exactly as we were
A minha noção era que tinha sido
My notion was that you had been
Antes ela tinha esse encaixe
Before she had this fit
Um obstáculo que surgiu entre
An obstacle that came between
Ele, e nós mesmos, e ele
Him, and ourselves, and it
Não deixe que ele saiba que ela gostou mais deles

Don't let him know she liked them best
Pois isto deve ser para sempre um segredo, guardado de todo o resto
For this must for ever be a secret, kept from all the rest
Este segredo deve permanecer um segredo entre mim e você
This secret must remain a secret between yourself and me
O rei ficou muito impressionado
the king was very impressed
"Essa é a evidência mais importante que já ouvimos"
"That's the most important piece of evidence we've heard yet"
"Não acredito que esses versos carreguem um átomo de significado", objetou Alice
"I don't believe those verses carry an atom of meaning," objected Alice
o rei tinha a sua própria opinião sobre o assunto
the King had his own opinion on the matter
"Se não há significado nessas palavras, isso salva um mundo de problemas"
"If there's no meaning in those words, that saves a world of trouble"
"então não precisamos tentar encontrar o significado"
"then we needn't try to find the meaning"
"Que o júri considere o seu veredicto"
"Let the jury consider their verdict"
"Não, não!", disse a rainha
"No, no!" said the queen
"Sentença primeiro, veredicto depois"
"Sentencing first—verdict afterwards"
"Coisas e bobagens!", disse Alice em voz alta
"Stuff and nonsense!" said Alice loudly
"Que bobagem condenar o réu primeiro!"
"how silly it is to sentence the defendant first!"

"Segura a língua!", disse a rainha, ficando roxa

"Hold your tongue!" said the queen, turning purple

"Não vou segurar a língua!", disse Alice

"I will not hold my tongue!" said Alice

A rainha gritou no alto de sua voz

the queen shouted at the top of her voice

"Corte a cabeça dela!"

"chop off her head!"

Ninguém fez um movimento

Nobody made a movement

"Quem se importa com o que você diz?", disse Alice

"Who cares what you say?" said Alice

por esta altura, já tinha atingido o seu tamanho total

she had grown to her full size by this time

"Você não passa de um pacote de cartas!"

"You're nothing but a pack of cards!"

Nisto, todas as cartas subiram no ar

At this, all the cards rose up in the air

e todas as cartas desceram voando sobre ela

and all the cards came flying down upon her
Ela deu um pequeno grito
she gave a little scream
Ela estava meio com medo, mas também com raiva
she was half afraid, but also angry
e ela tentou lutar contra as cartas de si mesma
and she tried to fight the cards off of herself
e então ela se viu deitada no banco de grama
and then she found herself lying on the grass bank
a cabeça estava no colo da irmã
her head was in the lap of her sister
algumas folhas mortas haviam pousado em seu rosto
some dead leaves had landed on her face
e sua irmã estava suavemente escovando as folhas
and her sister was gently brushing the leaves away
"Acorda, Alice querida!", disse a irmã
"Wake up, Alice dear!" said her sister
"Que longo sono você teve!"
"what a long sleep you've had!"
"Ah, eu tive um sonho tão curioso!", disse Alice
"Oh, I've had such a curious dream!" said Alice
E contou à irmã tudo o que se lembrava
And she told her sister all she could remember
todas as estranhas aventuras que você acabou de ler sobre
all the strange adventures that you have just been reading
about
Alice levantou-se e fugiu
Alice got up and ran off
e pensou, enquanto corria, no seu sonho
and she thought, while she ran, about her dream
"Que sonho maravilhoso tinha sido!"
"what a wonderful dream it had been!"